Cecilie Löveid
Sog *oder* Das Meer unter den Brettern

Cecilie Löveid

Sog *oder* Das Meer unter den Brettern

Roman

Deutsch von Astrid Arz

claassen

Die norwegische Originalausgabe erschien 1979
unter dem Titel »Sug«
im Gyldendal Norsk Forlag A/S, Oslo

1. Auflage 1984
Copyright © 1984 by claassen Verlag GmbH, Düsseldorf
Für die norwegische Ausgabe: Copyright © 1979
by Gyldendal Norsk Forlag
Alle deutschen Rechte vorbehalten
Gesetzt aus der Bembo der Linotype GmbH
Papier: Papierfabrik Schleipen GmbH, Bad Dürkheim
Gesamtherstellung: Pustet, Regensburg
Printed in Germany
ISBN 3 546 46160 6

SOG SEHNSUCHT SOG KUSS
SOG SALZ SOG LUST
SOG TRAUM SOG MEER
SOG BEWUSSTSEIN SOG LEBEN
SOG BEGEHREN SOG AUFRUHR

»Nein, dachte sie, während sie einige der Bilder, die er ausgeschnitten hatte – einen Kühlschrank, eine Mähmaschine, einen Herrn im Frack – zusammenlegte, Kinder vergaßen nie. Darum war es so wichtig, was man sagte und was man tat, und es war eine Erlösung, wenn sie zu Bett gegangen waren. Denn nun brauchte sie an gar niemand zu denken. Sie konnte sie selbst sein und ganz für sich. Und das war es, wonach sie jetzt oft das Bedürfnis hatte – nachzudenken, zu schweigen, allein zu sein. Alles Sein und Tun, das sonst glitzernd und laut sich ausbreitete, verflüchtigte sich; und mit einer feierlichen Empfindung schrumpfte man dazu zusammen, man selbst zu sein, ein keilförmiger Kern von Dunkelheit, etwas für andere Unsichtbares. Obzwar sie weiterstrickte und aufrecht dasaß – als das empfand sie sich selbst; und dieses Selbst war, nachdem es seine Bindungen abgestreift hatte, frei, die seltsamsten Abenteuer zu erleben. Wenn das Leben für einen Augenblick niedersank, schien die Weite des Erlebens grenzenlos zu sein. Und für alle Menschen, so nahm sie an, gab es immer dieses Gefühl unerschöpflicher Hilfsquellen (...).«

Virginia Woolf: Die Fahrt zum Leuchtturm

Was suchen Männer bei Frauen?
Den Ausdruck gestillten Verlangens.
Was suchen Frauen bei Männern?
Den Ausdruck gestillten Verlangens.

William Blake

Teil I

Die notgedrungenen Experimente

DIE FREIHEIT ZU GEHEN, AUS DEM ZIMMER HINAUS
WO DER HIMMEL ECHT IST, BLAU GRAU ODER SCHWARZ,
WO DIE BÄUME DIE KINDER WACHSEN UND FLÜSTERN,
DIE NOTGEDRUNGENEN EXPERIMENTE MACHEN DAS GANZE

Sei jetzt nicht beleidigt, wenn du dich nicht wiedererkennst, Mats! Alles Zugängliche, trotz allem Vieles, wartet wie Dudelsackluft auf Musik. (So funktionieren Dudelsäcke doch normalerweise, oder?)

Zu Dudelsackmusik gehört ein Heer, zu Dudelsackmusik gehört eine Steinburg weit hinten in der Landschaft: Kerkerloch, Steintreppen und Turm, Wanderungen auf Wendeltreppen vom Turmboden zur Turmspitze, wenn man es bis oben schafft, hat man eine Aussicht auf das ganze Land, die ganze Zeit, genau jetzt. Dazu gehört ein Souvenirgeschäft, eingerichtet in der Burgküche, genau über den Kellerkammern mit den Folterinstrumenten, die zu beschreiben ich zu feige bin. Man hat sie mir trotzdem gezeigt, ich wurde durchgezwungen. Ich ging schnell, mit halb geschlossenen oder halb offenen Augen. Ganze Arbeit haben sie geleistet, die Gefangenen, die zum Abwaschen der daumendicken Blutsoße abkommandiert wurden, wenn die Schreie verstummten.

Ich habe jetzt längere Haare. Flechte sie öfter. Pony, lang wie eine Pferdemähne. Der Ledermantel verschlissen, die Cowboystiefel schief, die Tasche mit dem Schmetterling darauf liegt draußen im Kellerverschlag, voll mit alten Briefen von ihm, mit dem ich verheiratet war.

Eines Tages werden sie kühl in einen schwarzen Plastiksack gleiten, zusammen mit Gemüseabfall und Hundeleichen, aber falls dann gerade die Müllabfuhr streikt, werde ich vielleicht am nächsten Morgen aus dem Haus stürzen, um sie herein zu retten.

Seit vier Jahren lebe ich allein mit meiner Tochter. Ein gutes Leben. Wie die Psychologen in den Tageszeitungen schreiben: Kinder sind ihren Eltern gegenüber unglaublich tolerant, anhänglich und loyal bis aufs letzte. Aus diesem Grund ist es so schwer, Kindesmißhandlungen festzustellen. Innere Verletzungen nachzuweisen. Sie kommen trotzdem zum Vorschein. Wenn das Kind kein Kind mehr ist und sein Leben anfängt, den Bach herunter zu gehen.

MAMA, DU BIST DIE LIEBSTE MAMA VON DER WELT,
SAGT SOPPEN

SO?
JA, DU BIST DIE LIEBSTE VON DER WELT
FINDEST DU WIRKLICH?
JAH, UND DANN BIST DU GENAU DOPPELT SO FIES, WIE DU
LIEB BIST, GENAU DOPPELT SO FIES

Heute fährt sie für einige Zeit zu ihrem Vater. Sie sieht ihn selten. Ich habe meinen Vater noch seltener gesehen. Ich muß versuchen, herauszufinden, was das bedeutet ... Sie findet, daß die Flugzeuge, die über unseren Köpfen durch den skandinavischen Himmel ziehen, Papa Papa Papa Papa Papa singen.

ICH WISCHE DEN ESSTISCH AB MIT
SEINEM ALTEN HEMD

Kneif dich in den Arm. Du liegst im warmen Bett, du sitzt nicht auf dem Klo. Kneif dich in den Arm: Du sitzt auf dem Klo du liegst nicht im Bett. Das Laken wird nicht naß, das Laken wird nicht blutig.
Laß es laufen, laß es fließen, laß es kommen.

LEG DAS KINN AN DEINE WARME SCHULTER
UND SPÜR, WIE WEICH UND WARM DU BIST

Sieh ein, wie schön es ist, sich an dich anzulehnen. Das gilt für alle. Ich kenne niemand, dick oder dünn, an den man sich nicht gut anlehnen kann.

An mich kann man sich gut anlehnen.

ICH HABE EIN EI GELEGT, DAS WIRD JETZT AUSGEBRÜTET
WAS FÜR EIN EITIER KOMMT WOHL HERAUS
DAUNENJUNGES ODER SCHILDKRÖTE?

Ich singe. Lebe vom Instrument tief in meinem Hals, meinem Bauch, meinen Lungen, der Stimmung, dem Temperament.
»Die Sprache der Gefühle.«
Ich singe salzige Rhythmen wie

IM VERGNÜGUNGSPARK BEI REGEN
ÜBER DIE BERG- UND TALBAHN BRAUSEN
UND RASSELND AUS DER KURVE SAUSEN
UM ÜBER UNSRE STADT ZU FLIEGEN
EINE HEIMLICHE SYMPHONIE

Tanzfjord

(Der Seemann)

ICH HATTE IMMER DIE ÜBLICHEN GESCHICHTEN
ERZÄHLT: MEIN VATER SEI IM MEER ERTRUNKEN IN
EINEM STURM ALS SEERÄUBERKAPITÄN, ABER ES IST
JA NICHT AUSGESCHLOSSEN, VIELLEICHT IST ER WIRKLICH
ERTRUNKEN, DACHTE ICH

Etwas bei Mats gab mir Sicherheit.
(Ich habe einen Liebhaber, der mich bestätigt. Einen, der alle Bedürfnisse erfüllt, sexuelle, meine Unersättlichkeit im Geben und im Nehmen. Händedrücke, Sätze.) Aber die Frage blieb unausgesprochen: Soll es so sein wie jetzt, ist das wirklich Mats?

Ich hatte Mats zum Händchenhalten. Konnte Mats an der Hand halten, wenn ich Vater nicht an der Hand halten konnte. Alt genug und selbständig genug, mutig. Konnte sogar meine Hand von beiden zurückziehen, wenn ich wollte. Dachte ich.

VATER WAR EIN WEISSES HEMD MIT KRAWATTE
UND SEIN KOPF EIN GLOBUS UNTERTEILT IN LÄNGEN- UND
IN BREITENGRADE

SAH AUF MEINE SOMMERSPROSSIGEN ARME IM
SCHWARZEN PULLOVER

Ob Vater sommersprossige Arme gefallen würden?
Mir gefallen sie nicht. Es ist nicht sicher, daß sie ihm
gefallen. Aber vielleicht hat er selber genau solche Arme.
Vermutlich. Werden mir seine Arme gefallen? Vermutlich
werden mir sommersprossige Arme nicht gefallen.

Ich lachte, glaubte keine Sekunde an meinen Entschluß.
Besser gesagt: ich stellte mich rechtzeitig auf die Enttäuschung ein.

EINE, DIE ALLEIN IST UND AUF DER SUCHE NACH ETWAS
DAS IN ALLEN BÜCHERN VORKOMMT ODER BEWUSST
VERMIEDEN WIRD

Ich heiße Kersti Gilje.

PESTGERUCH, VERWESUNG — PFUI, PFUI, PFUI! — PAH! PAH!
GIB ETWAS BISAM, GUTER APOTHEKER
MEINE PHANTASIE ZU WÜRZEN

Vater hieß er und weinte, als er geboren wurde. Aber schon als er aufrecht in Mutters riesengroßer scharlachroter Möse saß, glitzerte er und sonnte sich.

Wenn er groß wäre, wollte er zur See gehen: Das war so herrlich gefährlich. Durch salzige Stürme fahren, sich Kinder anschaffen, denen er Kleider kaufen konnte, die Gesichter seiner Kinder, seine Gewissensbisse sammeln!

Er richtet sich auf und erklärt: *Wenn* er schon sterben muß, dann nur in einer Frau!

Er richtet sich auf unter der rotierenden Sonne, steht breitbeinig an Deck mit Apfelsinen und gefüllten Pralinen in der Schamkapsel und schreit: Ein Seemann muß weite Hosen und ein geometrisches Bewußtsein haben!

**DAMIT ICH ALS EINE NOCH FREIERE PERSON
AUFTRETEN KANN**
(Das Zeichen des Frosches)

Der Bus ist eine Backform. Ich sitze darin und beginne zu schweben, sehe die Sonne. Die Spannung steigt. Endlich habe ich mich dazu durchgerungen, Vater zu besuchen. Er wohnt in einer Art Kurheim für Blinde und Sehbehinderte. Auf seinem Schiff war ein Feuer ausgebrochen. An der Haltestelle stehen große, unverschämt duftende Pflanzen, und eine lächelnde normalsichtige Frau vom Küchenpersonal erwartet mich. »Guten Tag, ich bin das neue Küchenmädchen«, sage ich und gebe ihr die Hand. Aber unten im Gras, am Grabenrand, hinter den nackten Beinen und Blumen – wer wartet da, blinzelnd und atmend?

Ich muß die lange Kellertreppe zu meinem Zimmer hinuntergehen. Die Wände sind mit dicken Teppichen bespannt. Der Blindenhund leckt mir das Ohr und bleibt vor der ersten Stufe stehen, damit ich nicht falle. Er führt mich hinunter. Unten, in der Dunkelheit, jault er plötzlich auf. Wer hüpft da auf dem weichen Teppich herum? Ich finde ein Bierglas, fange den Frosch und sorge dafür daß er raufkommt, ins Sonnenscheingras, in die Freiheit, daß kein Blinder auf ihn tritt.

Oben im Aufenthaltsraum stelle ich mich dem Seemann vor:
»Ich bin das neue Küchenmädchen.«
Er sieht nichts. Er kann sich nicht verstecken. Er hat

Cassetten mit Seemannsmusik bei sich. Er sieht nichts. Draußen auf der Terrasse tappen die Blinden umher und suchen ihre Blindenhunde.

»Schönes Wetter heute.« Ich sehe ihn. Wie ich sehe, ist er zwar noch attraktiv, aber gebeugt vom ständigen Tasten nach wirklichen oder imaginären Stühlen und Türen. »Ich bin das neue Küchenmädchen.« Er hat mich seit zwanzig Jahren nicht mehr gesehen. Ich glaube, er richtet sich nach Gerüchen und muß lernen, sich an der Raumakustik zu orientieren. »Ich bin das neue Küchenmädchen.«

Das Grundstück ist groß, das Haus eine Reedervilla.
Der Rhododendron blüht. Es summt und surrt.
Mit dem Seemann taste ich mich an Metallrohren und Halteseilen entlang nach unten, wir wollen im Fjord baden. Wir können zwischen dem Fjord und einem geheizten Schwimmbecken wählen. (Unterstützt das Blindenhilfswerk, kauft Lose.) Er geht einen Schritt hinter mir. Ich habe noch nie einen Blinden geführt. (Vielleicht sitzt er dort im Gras, mit einem kleinen Abhörgerät im Hinterbein?) Ich mache die Augen zu und versuche, mich blind zu stellen, bin aber so ängstlich, daß ich sie nach zwei Sekunden wieder öffnen muß. Er ist attraktiv. Seine alte Anziehungskraft ist noch stärker geworden. Er fragt, wie ich aussehe.
Vom Teufel geritten, gebe ich ihm völlig verkehrte Auskünfte. (»Ich bin das neue Küchenmädchen.«)
Ich lüge in Bezug auf meine Haarfarbe und behaupte, meine Augen seien blau.

Das Wasser im Schwimmbecken liegt ganz unberührt. Dicht neben ihm ziehe ich das Kleid über den Kopf, laufe ins Becken, rufe ihn. Er schämt sich, will sich nicht ausziehen. »Komm schon«, rufe ich. (»Ich bin das neue Küchenmädchen.«)

Ich schlinge die Beine um das Warmwasserrohr. Niemand kann mich sehen. Ein schönes Gefühl, im Wasser mit zwei verschiedenen Temperaturen zu spielen.

Der Seemann nähert sich vorsichtig, streift graziös die gelben Badeschuhe ab. Ich schwimme los und nehme ihn mit, um ihm den gemeißelten Springbrunnen zu zeigen, der lächelt und uns Frischwasser zuspuckt. Taste mich vor wie ein Kunsthistoriker in Nordnorwegen auf der Suche nach unpolierten Felszeichnungen.
(»Hat der Renbock ein Auge? Nein, der Renbock hat nie Augen. Er darf seinen Jäger doch nicht sehen!«)

Ich schwimme von dem Seemann weg; er kann schließlich nicht wissen, wo ich schwimme. Mit typischen Flirtbewegungen umschwimme ich seine vorsichtigen Armzüge. (»Ich bin das neue Küchenmädchen.«) Was ich mache, ist gemein. Meine Mutter hat den Seemann immer als anziehenden Mann, als einen Frauenhelden mit Ausstrahlung beschrieben. Die Regeln dieses Spiels sind schwer ausfindig zu machen. Wir brauchen Würfel mit erhöhten Punkten, keine Blindenschrift, keine schleppenden Cassettenstimmen vom Blindenverband. Plötzlich verwandelt er sich von einem grünen Star in einen grünen Frosch. Bekommt mein Haar zu fassen. (Ich sagte blond, nicht dunkel wie seins.) Er nimmt meine Haare in den Mund, um sich an mich zu hängen. Er gibt vor, ein kopulierendes Froschmännchen zu sein; ich schwimme ein paar Züge mit dem Seemann auf dem Rücken, im Scherz. Er beginnt zu zittern. »Wollen wir nicht versuchen, ein wenig im Fjord zu schwimmen?« schlage ich, das neue Küchenmädchen, vor.

»Geh nicht allein hinaus«, rief sie. »Es ist glatt.« Er wollte es mit dem Meer versuchen. Noch nie war er im Meer geschwommen, trotz seiner dreißig Jahre auf hoher See. Er hatte immer einen Boden unter den Füßen gebraucht. Die Schwimmbecken auf den Schiffen waren ihm in Tropennächten gerade recht gewesen.

Er schnupperte. Er tastete sich mit den Zehen vor. Er hielt sich an einem großen Stein fest, bevor er sich zitternd ins Wasser gleiten ließ.

Sie war dicht hinter ihm. »Geh nicht allein hinaus«, sagte sie. »Du könntest ausrutschen.«
Er lächelte zähneklappernd.
Aber sie folgte ihm. Die gelben Badeschuhe standen immer noch am Beckenrand. Keine Boote auf dem Fjord. Keine Leute, keine Feinde. Der Wind war anderswo beschäftigt. »Wenn jetzt jemand schreit, kann man es bis in die Stadt hören«, dachte sie. Die Sonne hatte sie verlassen.

Sie schwamm um ihn herum. Immer wieder schwamm sie um ihn herum, wie eine Robbe um ihr Junges. Die Sonne hatte sie verlassen. Er bekam wieder ihre langen Haare zu fassen. »Schwimm doch«, rief sie. Er hatte es noch nie im Tiefen versucht. »Keine Angst, die ganze Schärengegend ist gesäubert, hier gibts nichts Gefährliches.« – »Schwimm du zuerst«, sagte er. »Bist du da?« – »Ja doch«, sagte sie, die Seejungfrau. »Komm schon, Kapitän.«

Er machte ein paar prustende Schwimmzüge, dann lag er plötzlich auf ihr, obwohl sie einen ganzen glatten Tanzfjord weit Platz hatten. Sie lag auf dem Bauch über einem glitschigen runden Stein im Wasser.
»Ich habe immer... ich habe immer überlegt... was dein Haar wohl für eine Farbe hat.«
»Blond.«
Er konnte nicht wissen, ob sie runde oder flache Brüste hatte.
»Wasserstoffblond«, sagte sie.
(Und dachte: Schwarz wie trockener Tang, und Augen wie die Rabenkönigin.)
Sein Körper, nackt jetzt und nahe.
Sie bekam Angst.
Ihr Kopf platzte.
Ihr Körper will, süß, böse.
Ihre Kraft, seine Schwäche, tastend und ausgeliefert.
»Wenn jetzt jemand schreit, kann man es bis in die Stadt hören.«

Sie legte ihm liebevoll die Arme um den Hals. Wie eine dünne Siebenjährige, die sich vor dem scharfen Duschstrahl in der Schule fürchtet.

Der glatte Schleim auf den Steinen.
Sein Brustkasten mit den grauen Haaren. Die Zähne.

Die Hände rutschten ihm an den Hals, wollten ihn ersticken, ihn untertauchen.

»Ich liebe dich«, schrie sie, man konnte es bis in die Stadt hören. *»Ich liebe dich, liebe dich, liebe dich!«*

»Hallo«, rief eine Stimme vom Weg oben, »ihr da unten, habt ihr Probleme?«

JETZT WEISS ICH, WIE DU AUSSIEHST

Ich entschlüpfe, wie ich den Frosch entschlüpfen ließ. Es kommt nur darauf an, sich weit genug entfernt zu halten, so, daß er nicht wissen kann, ob ich ihn sehe. Sowie ich näher komme, streife ich mit meinem Kleid seine Hand.

Ich gehe zum Bus hinunter. Muß in die Stadt zurück. Habe Vater besucht. An der Haltestelle stehen unverschämt große, duftende Pflanzen. Er wollte sich von mir verabschieden. Er hat mich an sich gedrückt und gesagt: »Jetzt weiß ich, wie du aussiehst!«

Aber tief im Gras, hinter Beinen und Blumen – wer sitzt da? Der Frosch ist es nicht. Der liegt vor uns, mitten auf der Landstraße. Tot und ausgedörrt. Ich sage mir: *Das ist kein Zeichen, das ist keine Vorwarnung, pfui Teufel, das ist ein toter Frosch.*

Im Bus reihen sich die Bilder aneinander. Die Froschbilder. Wie in einem Comicstrip: Der Frosch im Gras, im Graben; der Frosch auf dem Teppich; der Frosch im Wasser, der Frosch auf der Straße. »*Jetzt weiß ich, wie du aussiehst.*«

WIE KONNTE NUR EINE SO GESPALTENE UNGLÜCKLICHE
SCHWESTER AUS IHR WERDEN?

DER GELIEBTE VATER GING DOCH IN DIE STADT,
UM NUR FÜR SIE EINE WEISSE GARNROLLE ZU KAUFEN,
WÄHREND SIE ALLE IHRE KLEIDER ZERSCHNITT
UND ZUM FENSTER HINAUSWARF, SCHLENDERTE ER
SEELENRUHIG HINUNTER, UM WEISSES GARN ZU HOLEN

Nicht, weil ihr der Mund zugenäht werden sollte. Sondern um ihr Leben zusammenzuhalten, schlenderte er los. Trotzdem wachte sie am nächsten Morgen mit zugenähtem Mund auf. Am nächsten Morgen wachte sie auf und war gebraucht, aufgetrennt zwischen den Beinen und mit zugenähtem Mund. (Wenn du irgendwem etwas davon sagst, darfst du nicht mehr hierbleiben.)

ALLES LIESS SICH PLÖTZLICH AUF DEN KOPF STELLEN

Und die Inseln kamen den Augen nahe

(Mats)

UND AUS DER LANDSCHAFT, AUF DIE ICH STUNDENLANG
HINAUSGESTARRT HATTE, UM VIELLEICHT
NEULAND ZU ENTDECKEN, WURDEN STREIFEN
UND AUS DEN INSELN SEINE NAHEN AUGEN

SIE FORDERT IHN DAZU AUF, SELBST VON DEN KERZEN
ZU FRESSEN

Allmählich brauchen wir ein neues Jahr. Die Regale dieses Jahres stehen voll. Lieder, Bilder, Blicke und Seelenerdbeben.

Ich habe geglaubt, einen neuen bewohnbaren Raum gefunden zu haben. Besser: eine neue Tür geöffnet zu haben.

Jemand erzählt, daß eines Tages alle Wände bersten oder abgerissen werden oder brennen oder sich einfach in Staub auflösen.

Ich habe eine Tür geöffnet. Die Tür führte in neue Luft hinaus.

In der Ferne kommt der mit dem Gesicht. Ich muß den Weg von selber kennen. Keine Angst, daß *er* aus Luft ist. Auch wenn ich seinen Körper noch nicht an meinem gespürt habe, weiß ich, daß er warm ist. Er hat so ein Zittern. Rasche Bewegungen. Ich werde in die Farben Schwarz, Weiß und Rot hineingezogen.

Wir gehen noch in einer Landschaft und *sehen* uns in weiter Entfernung.

MIT DER SEHNSUCHT STARKER TIERE IN DEN AUGEN TREFFEN WIR AUFEINANDER

Ich habe mich nicht für die Märchenerzählerin und nicht für die Realistin entschieden. Wer auf verschärften Realismus Wert legt, kann hier, zu allem Überfluß, noch ein bißchen Blutfarbe hinzufügen.

ABER ICH KENNE DOCH SEINE SPRACHE, DEN KÖRPER, SEINE
BESCHAFFENHEIT IM DUNKELN SEINE BESCHAFFENHEIT
BEI TAGESLICHT, UNTER WASSER
ÜBER WASSER OBEN IM FLUGZEUG, DIE AUGEN DIE HÄNDE
DIE SCHNELLEN SCHRITTE

Wenn ich ein Bild betrachte, kommt es sehr darauf an, was ich mit dem Bild zusammen sehe, auf den Zusammenhang, darauf, mit wem zusammen ich das Bild sehe.

DIE AUGEN DES PORTRÄTS AN DER WAND VERFOLGEN DICH
IM ZIMMER, WO DU GEHST UND STEHST

Beim Turnen: voluminöse Binden verhindern bestimmte Bewegungen, beim Springen: die Hose reißt, Kniebeugen: das Halstuch bleibt hängen.

Wesentlich für die Qualität einer Darstellung ist der Ernst, mit dem das Mißglückte und Unbeholfene vorgeführt wird.

MATS, LEXIKALISCH

Fünf Fuß und fünf Zoll groß, Schlangenkörper, längliches blasses Gesicht, markante Züge, krumme Nase, Adleraugen. Lockige Haare, die um die Schultern flattern, verstecken einen schrecklich dünnen Hals. Wenn er musiziert, ist es, als wären zwei Figuren in seine Wangen eingeschnitten. Die Figuren sehen aus wie die Schallöcher einer Geige. Er spielt Horn.

Die ersten Worte, die Mats auf dem Fest zu mir sagte: Bist du etwa so schüchtern, du?
Ich sah zu Boden.
Ich heiße Mats Oeding, sagte Mats.
Ach, *du* bist das?

ICH VERLASSE EIN LAUTES FEST MIT MATS

AUF DEM RÜCKSITZ LIEGT DER SOMMERSTROHHUT VON ELI,
SEINER FRAU,
MIT FEUCHTEN BLAUEN AUGEN
ES MUSS AM LICHT LIEGEN

An meiner Haustür angekommen, küßt er mich so lange, bis ich ihn *unbedingt* haben muß; dann steigt er wieder ins Auto und fährt nach Hause.

Gegen vier klingelt das Telefon. Ein verquälter Mats fragt, ob er wohl bei mir übernachten darf. Eli hat ihn rausgeworfen.

Er kommt durch die dunkle Wohnung, rempelt einiges an und um. Und landet schließlich wie ein glücklicher Fallschirmspringer auf einer weichen Sennerin.

DU MAGST ANDEUTUNGEN, WAS? SAGT ER BEGEISTERT

ER SCHREIBT

mit seinem Schwanz über meinen Körper.
Er schreibt Botschaften in mein Gesicht, auf meine Stirn, bis unter die Augenlider schreibt er die Botschaft von seiner Nähe, in die eingewurzelten Haarsträhnen schreibt er ein zu unterzeichnendes Traktat, auf das Tränen fallen, so froh bin ich über das, was er macht; sein großer langer Körper macht mir Mut, auf die Folter gespannt warte ich, wohin die Reise geht, weiter. Führ mich weiter weg, ruft es in mir, ich halte dich. Keine Angst haben, sagen wir uns, nicht flüchten.

OOOOOOOOOO ICH FÜHLE MICH SO LAAAAAAAAAANG klagt er, das Bett ist zu kurz, die Decke ist zu kurz, die Zeit ist zu kurz usw., WÄHREND ICH UNBESCHEIDEN SEINEN RÜCKEN BIS ZU DEN ZEHEN KÜSSE.

Am nächsten Morgen, unserem ersten Morgen, ist er nicht mehr da. Ich sehe nach, welche Spuren von der Nacht, von uns übriggeblieben sind.

Sehe im Spiegel, daß die Schulter wohl besonders gut war zum Hineinbeißen. Auf dem Klavier hat er quer über die Noten von Les Plaintes d'une Poupée gekritzelt:

NICHT VERGESSEN . . . AM MITTWOCH!!! KOMMT M WIEDER, UM DICH ZU LIEBEN!!!

ZART WILL ICH DICH IN RHYTHMEN NAGELN

Es geht nicht darum, *wie* es geschieht, sondern um das, *was* geschieht. Hier nähern wir uns, verständlicherweise, der fundamentalen Frage, was Musik seiner Ansicht nach ist.

Schönheit ist in diesem Kontext ein irrelevanter Begriff. Eine Dissonanz ist nicht weniger schön als eine Konsonanz. Man kann schon eher von Wahrheit sprechen.

ZWEI, DIE GELERNT HABEN, GEIGE UND ZIEHHARMONIKA
ZU SPIELEN, GEMEINSAM
JEDEN ABEND UND JEDEN MORGEN WIEDER,
ODER GELERNT HABEN, ALLNÄCHTLICH BEIM BRIDGE
ZU MOGELN

IDEAL

ZWEI TISCHE, ZUSAMMENGERÜCKT, MIT EINER LAMPE
JEDER ÜBER SEIN INSTRUMENT GEBEUGT
DISKUSSION, OB SIE NOCH ETWAS BRAUCHEN
VIELLEICHT EINEN STUHL
FALLS BESUCH KOMMT
DANN SETZT DER BESUCH SICH HIN
UND BLEIBT
OGOTTOGOTT
NEIN WIR KAUFEN KEINEN STUHL MEHR
DIE BEIDEN SPIELEN WEITER

VERHÜLLEND/ENTHÜLLEND

Wir hüllen einander in Schleier und ziehen sie wieder weg. Ich tanze Schleiertänze, ohne es gelernt zu haben. So verberge ich, was ich zeigen sollte, und zeige, was ich verbergen sollte. In Liebesdingen bin ich dumm wie ein Schaf, weich wie eine Brust. Dürfte nicht einmal die Erlaubnis haben, herumzulaufen und BÄH zu sagen.

DÜMMER ALS MARIE ANTOINETTE, VERKLEIDEN WIR UNS
ALS SCHÄFER,
WO ES DOCH GAR KEINE SCHÄFER MEHR GIBT

SOLLEN DIE TRÄUME ENTGLEITEN ODER AUFGEZEICHNET WERDEN?

Nachts auf dem Heimweg. Mats klaut mein Adreßbuch, läuft auf dem Bürgersteig ein Stück voraus, so daß ich ihn nicht erwischen kann. Setzt sich auf den Bordstein, der große betrunkene Mann, und schreibt schief und unleserlich:

»Kersti schuftet sich den Arsch ab, um den Augenblick einzufangen. Das ist ja wohl ein sinnloses Unternehmen. Die Ursache interessiert nicht.«

Ich bin glücklich über so viel Liebe.

TOD IST EIN BEHELFSWORT

Sehe auf einmal Mats mit alter Halshaut.
Weiß, wie es sein muß, so bei ihm zu liegen und siebzig zu sein. Entdecke, daß es ein Wunsch ist. Ein gutes Zeichen.

SALZ

Mit dir zu schwimmen, dachte sie. So sicher, so *salzig*. Keine Wörter, nur stilles Einverständnis in einem neuen Land, mit Essen am Strand (eine halbe Stunde rumgelaufen und einen Laden zum Weinkaufen gesucht, beinahe überfahren worden, als sie sich in einem vielstöckigen Parkhaus verirrte, wie im Krimi); Kaffee, Bananen, Krabben.

Sie beschloß, das ganze Leben mit ihm zu schwimmen.

Noch nie hatte sie sich so weit aufs offene Meer hinausgewagt. Das stimmte symbolisch *und* buchstäblich. Noch nie so einen Kontakt mit dem Wasser, mit ihrem Körper gehabt, weil er ruhig neben ihr schwamm, kein Wettschwimmen oder Untertauchen im Spaß oder Ernst. Am Kinderstrand krabbelten sie berauscht aus dem Wasser, kein bißchen müde. Nur stärker. Er half ihr, das Salzwasser aus ihren langen Haaren zu spülen, ohne daß die Nähe dabei sie erschreckte. (Bisher hatte sie es ja wohl noch immer selbst geschafft, ihre Haare zu spülen ...)

Da beschloß sie, ihr Leben mit ihm zu leben.
Deine Haut wird schon langsam alt, sagte sie voller Begeisterung.

WIE MAN FOTOS AUFNIMMT AM MEER

(Mats und ich erzählen uns jeden Tag tausendfach, daß wir uns haben wollen:) »Ich habe immer nur auf dich gewartet.« (Aber zwei Kinder mit einer anderen Frau, leider!) »Ich wußte, du würdest kommen.« (Während ich auf dich gewartet habe, dachte ich einen Moment, es wäre ein anderer Mann, und wir haben ein Kind gekriegt im Windschatten des Wartehäuschens.)

Wir wollen uns haben. Den ganzen August wohnen wir mit den Kindern im alten weißen Sommerhaus. Wir nehmen uns an den Händen und spielen, die Tage reihen sich aneinander, es rauscht lauter, es wird eher dunkel.
Abends leuchtet das Haus weiß, und es gibt einen neuen lichtempfindlicheren Farbfilm, mit dem ich experimentiere. Knipse mitten in der Nacht in allen Zimmern das Licht an und laufe hinaus, um das Haus zu fotografieren. Auf dem Foto sieht es so aus, als ob das Haus in einer blauschwarzen Sommernacht innen brennt.

Mats findet einen Brief von Eli im Briefkasten. Da ist etwas, was sie wiederhaben will. Drei Menschen. Er soll sofort anrufen. Ihm vergeht die Lust am Spielen. Der große Drache hängt oben im Baum fest – in der Zeitung lese ich von neuen Operninszenierungen zum Thema Eifersucht, DAS TIER MIT DEN GRÜNEN AUGEN, wie Shakespeare sie nennt. Ein edles Laster. (Ein Held kann es sich erlauben, eifersüchtig zu sein, ja, aus Eifersucht einen Mord zu begehen, er bleibt trotzdem ein Held, denn sein

Leiden ist so allgemeingültig, daß wir es alle tief in unseren Herzen wiedererkennen und verzeihen können.)

Mats geht im Garten auf und ab. Von Zweifeln gebeugt. Ich beobachte ihn vom Fenster aus. Das Eigengewicht aller Dinge hat sich verdoppelt. Die Kinderlieder sind Zauberformeln.

Wollgraskind
Heideröslein
Kann dich jetzt auswendig
schwarzes Schaf
geschütteltes Bäumlein
Schaf
auf der Mauer
verirrt
gebrannt
singt für das
Wollgraskind
Heideröslein
Nichts
geht wie geschmiert

(Mir fällt ein Fest ein, bei dem ich mit Mats zusammen war. Eli kommt auf uns zu und gibt höflich die Hand: Ich würde mich freuen, dich kennenzulernen. Lächelnd, unproblematisch. Holt sich Essen: Pappteller mit Frikadellen, Napfkuchen, Torte, Bratwurst, Tomaten, und schenkt Gläser ein, randvoll mit Rotwein, und sieht zu, wie Kersti und Mats tanzen: betrunken, glücklich, erhitzt. Später gehe ich zur Toilette hinunter. Begegne Eli im

Treppenhaus. Wirre Haare, Laufmaschen in den Strümpfen. Ich hab's mit Tore auf dem Klo getrieben! sagt sie triumphierend.)

SIE VERSUCHT, DRECK IN DAS INSTRUMENT ZU FÜLLEN, UM ES ZU EINEM ECHTEREN TON ZU BRINGEN

ABER WIR TANZTEN WEITER IN DEM GROSSEN LAND MIT STAUNEN IM GESICHT

Er sieht mich an, prüfend. Aber ich mache nicht mehr wie früher den Versuch, zu lächeln.

Wir haben eine alte Absprache. Mats hat immer wieder davon angefangen, es war eine interessante Idee, aber ein etwas zweifelhaftes Projekt. Er will Nacktfotos von mir aufnehmen, bei den Steinen unten am Strand. Der Sommer geht vorüber, wir haben es noch nicht gemacht.

Unterwerfung. Er will Nacktfotos von mir machen. Wie bin ich ohne Kleider? Ich ziehe mir den Pullover aus und sehe auf meine Brüste hinunter. Mats und ich gehen Hand in Hand, die Kinder schlafen. Der Mond, eine durchsichtige Qualle. Mats und ich gehen Hand in Hand. Kamera und alte Anoraks. Ich soll geopfert werden.

Der Brief von Eli. Hat uns verhext. (Für mich hat sie kein Gesicht. Ich habe viele Fotos von ihr gesehen, ich bin ihr begegnet, ich sehe sie stündlich in den Gesichtern von Espen und Mia, aber entscheidend ist, wie Mats sie beschreibt. Er redet immer mit verlegener Ironie von ihr, entschuldigt ihre »Hysterie«, die uns so zu schaffen macht, und ist trotzdem so vergeßlich, daß er zu mir sagt: Kannst du bitte etwas mehr Brot schneiden, Eli? Danke, Eli.)

WARUM HAST DU ELI NIE EIN GESICHT GEGEBEN, MATS?

Bin ich gesichtslos?

Das Land breitet sich aus. Sümpfe. Hügel. Abendfarben. (Eitelkeit, Unterdrückung, Exhibitionismus.) Mats stellt sich auf die äußerste Steilhangkante. Vorgebeugt. Macht wilde Aufnahmen von Wellen.

An den anderen Abenden gingen wir Hand in Hand, legten uns hinter den großen Steinen hin, um uns zu lieben. Jemand hätte uns überraschen können. Ein Hund.

Als er sich umdreht und mich fixiert, zerre ich mir die Kleider vom Leib. Jetzt mach schon das verdammte Foto! Die Füße frieren fest und bleiben da, zwischen Kieselsteinen.

IN DEN AUGEN WIDERWILLE DAGEGEN, VON DEN WELLEN
MITGENOMMEN ZU WERDEN: MATS

Mats geht allein zurück in seiner Windjacke. Gebeugt. Ich suche nach reifen Wacholderbeeren im Halbdunkel, um die Zeit zu verlängern. Sehe hinter jedem Busch Mats und Kersti nackt auf dem Torf liegen.

DIE TORFHÜGEL LÖSEN SICH AUF, ES WAREN
NUR ALTE KAMELE, DIE EINE WEILE RAST MACHTEN

Komme zum Haus. Er hat brennende Kerzen in die Fenster gestellt. Es riecht nach Herbstanfang. Ich bereite mich auf »das große Gespräch« vor. Das vielleicht in Furcht und Schrecken endet. Auf der Steinplatte vor der Tür stehen Holzschuhe in einer langen Reihe. Ich berühre sie nur leicht mit dem Fuß. Ich will nicht reingehen. Setze mich in den alten Schaukelstuhl, der draußen auf dem Vorplatz steht, und weiß: Tagsüber ist er blau.

Bleibe sitzen und fahre eine Weile Schaukelstuhl.

Als ich ins helle Sommerwohnzimmer komme, ist meine kleine Tochter da, im Nachthemd und wach, sie merkt nämlich immer, wenn etwas nicht stimmt.

Sie zeichnet Menschen.
EIN MANN UND EINE FRAU

Ein gelber Mann und eine rote Frau, lange Finger, acht an jeder Hand, die Haare sind elektrische Tiere, die sprühen und leuchten. Sie stehen am oberen Ende einer langen Treppe oder Leiter. Oben leuchtet in jeder Ecke eine Sonne.

An den Kinderbetten küssen wir uns.

»Da draußen war ich sicher, daß du mich verlassen würdest«, sagt Mats. »Das machst du doch nicht, oder?«

DU STANDEST, ICH SASS, ICH WOLLTE MEINEN KOPF AN DEINEN BAUCH SCHMIEGEN, DIE KNÖPFE VOM HEMD KÜSSEN

DIE BRENNENDEN TRÄUME WERDEN ABGEKÜHLT IN MORGENLUFT

– Zur Abwechslung serviere ich dir heute mal Pfannkuchen.

– Jetzt?

– Ja, am besten hier und jetzt. Jetzt und hier, auf der Bettkante, werden die Pfannkuchen gegessen!

– Und wenn nur ein einziger Pfannkuchen aus dem Teig herauskommt, Hexe? Wenn es nur einen einzigen mickrigen Pfannkuchen gibt?

– Wenn es nur einen gibt, dann laß ihn rollen, laß ihn laufen, einem Schwein vor den Rüssel.

– Dann gib mir lieber deinen letzten noch warmen Traum, das ist ein gefundenes Morgenfressen.

– Ja, wenn du wirklich willst, wenn du dich traust.

– Her damit!

EIFERSUCHTSTRAUM

Wir sind nackt auf einem Sofa. Du und ich, Mats. Das Sofa ist mit feinem grünen Plüsch bezogen. Wir lieben uns. Hinterher sehe ich, daß du am Schwanz blutest.
Die Situation ist ohne Zusammenhang. Ich habe doch nicht meine Periode. Da sehe ich SIE. Sie ist auf der anderen Seite von dir, nackt. Ich stehe auf und sehe euch an. Sie hat Blut an den Schenkeln.

Ich muß mich waschen. Gehe ins Schlafzimmer. Es stehen so viele Leute draußen im Gang, daß ich die Tür nicht richtig schließen kann. Ich gehe zum Doppelbett und schiebe das Federbett beiseite. Ich muß das Bett waschen. Ich drehe die Kalt- und Warmwasserhähne auf, die statt Leselampen über dem Bett angebracht sind. Das Bett beginnt sich mit Wasser zu füllen. Binnen kurzem steigt eine große Blase auf, dann ein Kopf. Ich muß versuchen, das Kind zu retten. Das Wasser läßt sich nicht abdrehen.

EIN HEILIGER KLEINER KIESELSTEIN

Am nächsten Tag überlegt sich Kersti, wie neugierig sie eigentlich war. Sie konnte ja noch nicht wissen, *wie* Mats sie fotografieren wollte. Wieviel er von ihrem Körper, von ihr selbst, von der Natur ins Bild bringen würde. Sie hätte Lust gehabt, seine ganze gebeugte Länge und seine weiß leuchtende Haut zu fotografieren.

Einmal, als sie weg war, hatte er sich nach ihr gesehnt und sie mit Lippenstift auf den körpergroßen Spiegel im Bad gemalt.

Hatte die Spiegelfrau keinen Kopf?
War sie wie die Venus von Willendorf, 15 000–10 000 v. Chr., eine kleine runde, schön mütterliche Frau, fast nur Brüste und Bauch, die Haare in einer feinen Zopfspirale um den Kopf? Ein eiförmiger »sacred pebble«?

Er hatte die Spiegelfrau angesehen, um sich zu trösten und um daran erinnert zu werden, daß er jedenfalls ein Mann war.

DER HUND KLÄFFT DEN IGEL AN, DAS WIDERBORSTIGE TIER MIT WEICHEM BAUCH WIE ICH, TRÄGT ES INS HAUS AUF DIE KÜCHENBANK, UNTERSUCHT ES RESPEKTVOLL

DAS MEER, DIE WACHOLDERBEEREN

ZUM ERSTENMAL MUSS ER ALLEIN NACH HAUSE. DIE KINDER
SCHLAFEN, ALS ICH KOMME, FRAGT ER INTUITIV
WILLST DU NOCH MIT MIR ZUSAMMEN SEIN
ICH KANN IHM NICHTS VON MEINER SCHWANGERSCHAFT
ERZÄHLEN, SOPPEN ZEICHNET EINEN MANN UND EINE FRAU,
NACHTS WACH,
JA, SAGE ICH, DANN GEHEN WIR INS BETT, SAGT MATS

Wir gehen allein an einem Strand spazieren, das Fahrrad
und ich. Radfahren geht hier nicht. Folglich ist das Fahrrad
hier kein Fortbewegungsmittel mehr. Es wird eine Person, die ich gezwungenermaßen mit mir herumschleppe.
Aber ich will es dabeihaben, weil es wie eine Person ist, als
Fortbewegungsmittel untauglich. Hinzu kommt: es ist ein
Herrenrad, ein männliches Rad. Ich erzähle dem Fahrrad,
daß ich schwanger bin, trotz Lippes Schleife. Das finde ich
gut, aber ich weiß nicht, was ich machen soll, weiß nicht,
was ich machen soll. Später Abend. Keine anderen Häuser
in der Nähe. Weit weg leuchtet es aus einer Scheune. Bei
den Hühnern ist Licht an. Das Licht brennt bei den
Hühnern, den Hühnern. Jetzt produzieren sie mehr,
wahrscheinlich keine besseren Eier.

Mir fällt es auch schwer, aufzuhören, wenn es dunkel
wird. Die Eiproduktion ist bescheidener, aber irgendwer
fragt immer noch nach, ob ich dabei bin, eine Frage, die
ich nicht direkt verneinen kann.

Hier gehe ich wie die Hühner und trete in eine Sand-Muschel-Mischung. Mein Mann, der Hahn, ist in die Stadt gefahren, um seine andere Henne mit sämtlichen Küken zu besuchen.

ICH BIN EIN BALLON GEWORDEN
TRANSPARENT AUFGEBLASEN, SCHON WIEDER, UND AN
MEINER INNENSEITE SITZEN FEUCHTE SCHWARZE BEEREN:
JEDER KANN SIE SEHEN
DURCH DIE DÜNNE BLAUE HAUT

Ich gehe mit Freund Fahrrad nach Hause, um allein zu schlafen, ohne Kinder, ohne Mats, zum erstenmal seit langem.
Alles könnte in bester Ordnung sein, wenn es nur nicht irgendwo in mir drin so weh täte.

ELI SCHRIEB: WENN DU NICHT NACH HAUSE KOMMST, MATS, BRINGE ICH DIE KINDER UND MICH SELBER UM.

Sie meint es nicht so, sagt Mats beruhigend.

FRESKO

Dann trocknet das Bild von Mats schon hoch oben im Dach, zwischen modern gekleideten Engeln und Dämonen. Er zieht von dannen mit meinem kleinen Herzen in seinen Händen.

Sein Stuhl ist leer und beleuchtet, Schaumgummi quillt aus dem Bezug. Das soll ein richtiges altes Möbel sein? Ein Museums*stück*. Niemand hat die Phantasie, sich vorzustellen, daß es ganz normal in Gebrauch war.

ICH VERSUCHE, KÄFIGE ZU BAUEN, AUS DENEN MAN LEICHT AUSBRECHEN KANN

KIRCHENKONZERT

Da stehe ich, rot angezogen und Sopran, zusammen mit dem Alt, dem Baß, dem Tenor und dem Chor. Ich sehe Mats bei den Bläsern unten. Er sitzt ungeduldig da und macht Bemerkungen zu seinem Nebenmann. Wir singen ein Preislied. *Sanctus, Sanctus, Sanctus, Dominus Deus Sabaoth, Pleni sunt coeli et terra, Gloria tua, Osanna in excelsis.* Die Kirche ist gestopft voll. Mats rutscht ungeduldig hin und her. Zappelig schüttelt er das Horn. Versucht, die Spucke zu entfernen, schüttelt das Horn wütend und wird angehalten, zu spielen. Er nimmt das Mundstück ab, steckt es wieder auf, schwenkt das runde Instrument spiralenförmig im Kreis, schüttelt es, daß die Spucke spritzt. Die Menschen, die gekommen sind, um erfüllt, entrückt zu werden. Das Bedürfnis nach Musik, nach Entrückung. Meine Jungfrau Maria riecht nach Milch. Sie lehrt uns, grenzenlos in den ausgehöhlten Himmel hinauszuschwimmen. Oh Horn, oh geschlängeltes rotierendes Sonnensymbol!

SCHIFFE

Bei dir kommen Schiffe ins Zimmer. Nur der Nebel macht, daß wir sie nicht sehen. Aber sie heulen. Sie finden Töne über dem Fjord. Sie rufen, daß wir untergehen werden. Sie rufen, daß wir in letzter Sekunde gerettet werden.
Und dann rufen sie noch etwas von Liebe.

Sie hätte ruhig etwas über ihre Rolle sagen können. Also wirklich. Warum macht sie den Mund nicht auf? Hier und hier und hier. Wie geht es ihr hinter ihrem stummen Betragen? Ist es nicht wichtig, daß sie ab und zu Bescheid sagt?

Über Mats

Daß sie nicht genug aus sich herausgeht. Daß sie mehr sieht, mehr spürt, als sie auszudrücken glaubt. Wichtiges für sie und für Mats. Für ihre Beziehung, wohlgemerkt. Aber die Körper haben doch auch eine Sprache. Die Augen, die Hände. Reste von kalten Wassertropfen auf den Händen, in den Augen, auf dem Ärmel ihrer Bluse, nachdem sie in der Toilette einen Wasserfall aus der Leitung über ihre Pulsadern, ihre Handgelenke laufen ließ.

Sein Körper

Sie werden ständig von der nächsten Handlung unterbrochen. Für sie ist das wichtigste, daß er da ist. Für sie da ist. Sie weiß, er drückt mehr aus, als er glaubt, Wichtiges für ihre Beziehung. Aber sie kennt doch seine Sprache, seinen Körper, seine Beschaffenheit im Dunkeln, seine Beschaffenheit bei Tageslicht, unter Wasser, die Augen, die Hände, die schnellen Schritte, schräg, weg.

Etwas zu erzählen

Die Fehlgeburt kam, als ich Brot schneiden wollte und Mats sich mit den Kindern auf den Weg machte. Das Auto fuhr los, und ich fand mich, allein, auf dem Küchenfußboden wieder.

Das Blut. Den ganzen heißen Sommertag über liege ich im Bett, ich glaube, ich schlafe meistens, aber ich bringe in einem fort ein richtiges großes Kind zur Welt. Träume und schlafe, schlafe und träume. Träume, daß ein großes Babykind geboren wird. Ein Junge. Aber es kommen nur Ströme dicken Bluts. Da ich allein bin, ist es so, als ob nichts gewesen wäre, es gibt keine Beweise, nur Blut, Blut, und kein schreiendes Kind, nur eine weinende Mutter.

Als Mats am nächsten Vormittag mit dem Auto kommt, die Kinder auslädt, habe ich etwas zu erzählen, aber meine Stimme weigert sich, ich kann nicht gleich mit der Sprache heraus; dafür erzählt er von Eli, wie sie weint, wie sie ihn liebt.
»Wo hast du heute nacht geschlafen?« – »Bei Eli.« – »Im Bett?« – »Ja, natürlich im Bett.« Als ich ihm endlich das mit der Fehlgeburt sage, freut er sich und meint, ich soll mir blutstillende Tabletten besorgen, er könne mich gleich zum Arzt fahren. Ich sage, daß es nicht nötig ist.

BIN ICH GANZ DIE ALTE?

Ob ich ganz die alte bin? Nach meiner Begegnung mit Mats? Bin ich von Liebe zu Haß oder von Haß zu Liebe gegangen? Ob ich unverändert bin? Fühle ich mich müder oder munterer?
Sicher ist, daß ich nicht mehr mit Flaschen vögele, ohne vorher den Korken draufzupfropfen.

Mein Geliebter ist nicht zu Hause.
Wenn ich will, sagt der automatische Anrufbeantworter, kann ich eine Nachricht hinterlassen. Die spielt er dann ab, wenn er wieder zu Hause ist. Aber ich stehe mit sieben Sinnen auf einer Schwelle und bin veränderlich von einem Zeittakt zum nächsten.
Seiner Liebe nicht sicher, richte ich nur ein Seufzen aus.

DANACH KAM DAS SCHWARZE MEER

Auch wenn es ein Traum ist, bleibt es eine Erfahrung:

Wir saßen am kleinen weißen Kaffeehaustisch, mit Weingläsern in den Händen, und ich erzählte von damals, als ich vor lauter Aufregung einfach ein Stück von meinem Glas verschluckte.

Da hast du etwas gemacht, was nicht unerwartet kam. Was früher oder später kommen mußte. Du bist aufgestanden, um zu gehen.

Du gingst einfach zur Tür, um hinauszugelangen. Ich rief dir nach, du hast vielleicht in der Tür gezögert. Der Mann von der Garderobe hielt deinen Mantel bereit.

Und doch hattest du das Gesicht, das ich liebe. Ich rief, du solltest warten, auf mich warten – vor lauter Anspannung zersprang das Glas an meinen Lippen, Splitter drangen in die roten Tiefen meiner Mundhöhle ein.

Du bist gegangen, ich wollte dir nachlaufen, wurde aufgehalten von meinem Bemühen, die Glassplitter vor einem beschlagenen Spiegel aus meiner Mundhöhle zu klauben.

Meine Jacke hielt der Garderobenmann *nicht* bereit, und du hattest schon einen ziemlichen Vorsprung.

SIE IST AUF DIE AUGEN GESCHLAGEN WORDEN

Sie ist in den Bauch getreten worden. Sie ist an den Haaren rückwärts gezerrt, geschlagen und getreten worden.

Aber *er* hat nie die Hand gegen sie erhoben. Er hat nur Gefühle geweckt, darüber beklagt sie sich nun dauernd. Er sieht sie an, prüfend. Aber sie macht nicht mehr wie früher den Versuch, zu lächeln.

WIE WENN MAN ALTE MUSIK AUF MODERNEN INSTRUMENTEN SPIELT

UND AUS DEM MANN, DEN ICH MONATELANG ANGESTARRT
HATTE, UM VIELLEICHT NEULAND ZU ENTDECKEN,
WURDEN STREIFEN, UND AUS DEN AUGEN
WURDEN SEINE WEITEN INSELN

ROGGEN

Wenn ich ein Roggenfeld wär, keine Tochter, und du wärst ein Mann unterwegs –
Ich wäre so zeitig gesät und so weit gereift, daß der Ostwind mich träfe, daß ich in Wellen käme.
Würdest du dann in meine Wellen kommen?

Ja, plötzlich hast du, wie in meinem Traum, in blauem Anzug, mit schwarzem Vollbart und in Stulpenstiefeln an meinem Rand gestanden.
Dann bist du bäuchlings über die Roggenspitzen geflogen, niedrig und so warm, daß es nach frischem Brot roch.

Ich öffnete mich an neuen Stellen, in vielen langen Wogen, höheren Wellen. Da hast du im Flug auf die Uhr sehen müssen. Wissen wollen, wie lange der Schwebezustand schon anhielt.

Geknickte Halme seufzten unter deinem Gewicht, der flatternde Körperabdruck im Fallaugenblick.

Aber ich besitze mehrere Morgen Land und eine Phantasie, die unzählige Abenteuer überlebt hat.

Teil II

Das Haus an der Winterküste

(Monika)

DAS HAUS AN DER WINTERKÜSTE IST KERSTI GILJES POETISCHER NAME FÜR MEIN HAUS, ICH BIN MONIKA KESTEL

Großvater hat es irgendwann in den dreißiger Jahren aus braunem Holz gezimmert. Ich habe es geerbt. In den Ferien bekomme ich immer Geld fürs Vermieten. Das Haus bringt mir mehr ein als meine Arbeit.

Aber jetzt habe ich Kersti in einem Hotelzimmer gefunden, unglücklich und völlig zerstört, und das hat alle meine Pläne umgestoßen. Ich habe sie mit hierher genommen. Ich habe eine Produktion von Engeln angefangen, und Kersti konnte mir dabei helfen. Ich bin Keramikerin.

Das Haus ist groß, es hat Platz für viele. Ich komme her, um hier zu arbeiten, um allein zu sein, um die Aussicht auf den Fjord zu genießen – und um auf Besuch zu hoffen.

Manchmal kommt Kersti allein her. Dann genießt sie die Aussicht auf den Fjord – und hofft, daß Besuch für sie kommt.

Es kommt auch vor, daß wir zu zweit hierherfahren. Dann genießen wir die Aussicht auf den Fjord – und hoffen, daß wir Besuch bekommen.

Das Beste in dem Haus ist das Schaukelpferd. Es steht im Wohnzimmer, seit mein Großvater es damals für meinen Vater gebaut hat. Er hat es nie geschafft, die Kufen dazu zu machen.

Vater hat versprochen, Kufen zu machen. Auch er ist nie dazu gekommen. Kersti sagt im Spaß, daß auch ich bestimmt nie dazu kommen werde, die Kufen zu machen, wenn ich Kinder kriege.
Aber das stimmt nicht, die eine Kufe habe ich nämlich schon!

KLEINER JUNGE, WEIT GEREIST

GEMÄLDE: SELBSTPORTRÄT. ER SELBST ZWISCHEN ZWEI
WEIBLICHEN AKTEN. BAHNSTEIG. ZUG

Flüchtlingskind in Reisekleidern, ein Pappschild mit einer Nummer um den Hals.

Sie wurden in einen Zug verfrachtet, die vielen armen Kinder, von denen sich der Krieg, die Revolution nicht ernähren konnte. Sie sollten in eine bessere Welt, in ein besseres Land fahren.

An jedem Bahnhof hielt der Zug an. Augenblicklich füllte sich der Waggon mit halb übergeschnappten Bürgerfrauen, die nach einem reizenden Pflegekind Ausschau hielten.

Bei den ersten Halts wurden die hübschesten Kinder herausgepickt. Die saubersten und appetitlichsten Kinder, die aus dem Ei gepellten, die zum Anbeißen.

Ein paar Tage später, auf Gleisen zwischen Norwegens höchsten Tannen, waren fast keine Kinder mehr in dem Waggon.

An der Endstation – unserem Bahnhof – saß nur noch Großvater in dem Zug, verrotzt, häßlich und verweint.

So hat er sich selbst gemalt. Zwischen zwei mächtigen Frauenakten ohne Kopf. Gestalten, die wie blaue Engel aussehen.
Als hätte er Kersti und mich gemalt, dreißig Jahre zu früh. Wie zwei Früchte, denen er wehmütige Lieder vorsingen konnte, in der Hoffnung, daß wir alle glücklich würden. Glücklicher, mit Schuhen an den Füßen und schönen Kleidern, mit Goldkämmen im Haar und genug zu essen, mit Maschinen, die für uns arbeiteten und uns in einer besseren Welt herumfuhren.

Für seinen Sohn hatte er ein Schaukelpferd gebaut. Der Sohn: er sollte der revolutionäre Rächer werden (und uns Goldkämme, Kleider und Maschinen herbeischaffen). Das erste Schaukelpferd der Welt, das nicht schaukelt, weil der Schreiner weggeblieben ist, einfach weggeblieben.

IN DER LANDSCHAFT AUFGESTELLTE RUNDE STEINE

FÜR MICH SEHEN SIE IMMER SO AUS WIE MENSCHEN
DIE IM REGEN STEHEN, MOOS ANSETZEN, KINDER KRIEGEN

AM BAHNSTEIG AUFGESTELLTE FRAUEN
GRÜNE SCHATTEN UNTER BRUST UND BAUCH

DIE WELT HÄNGT NOCH ZUSAMMEN

Großvater hat die Umgebung geschaffen, für uns geplant. Die Grundstimmung in allem, was wir tun. Das Militärgrüne, das Schmutziggraue, rosa und rotes Licht in weiß leuchtenden Frauenschenkeln. Fußböden mit Schachbrettmuster, zum Himmel-und-Hölle-Spielen. Zum Darübergehen und Wissen, daß du immer auf Ränder trittst. Immer passiert es dir, daß du auf jemanden trittst, ihn zerbrichst, einerlei wie vorsichtig du dich ins Bett stiehlst. Ich weiß wirklich nicht, weshalb er unbedingt Fußböden mit Schachbrettmuster haben wollte.

WAS FÜR HOFFNUNGEN BRINGT SIE MIR, MEINE KERSTI?

Wie soll ich diesen Morgen bereiten, außer daß ich Frühstück mache mit Tee oder Kaffee, das Frühstück, das wir verdienen? Sie erwartet, daß in unserem abgenutzten Plattencover eine neue Lieblingsplatte ist, eine, die sie noch nie gehört hat ...

IN DER AUSHÖHLUNG UNTER DER STADT, DA, WO FRÜHER
EIN FLUSSLAUF WAR, FAND MAN, WAS IN EINEN FLUSS
UNTER EINER ALTEN STADT GEWORFEN WIRD:
SKELETTE VON KINDERN UND ERWACHSENEN, SCHMUCK
UND LEERE FLASCHEN, DIE LÄCHELNDEN SPUREN
DER WÜRMER IN BLAUEM TON.

WIE EINE AUSSENSTEHENDE, SO VERWUNDERT

Die Wände in der Werkstatt sind matt-weiß getüncht. An der Decke aneinandergereihte Neonröhren. Aber im Winter wird das Licht doch knapp, die Luken in diesem Keller lassen nur einen Lichtschimmer ein. Trotzdem sind alle, die hier hereinkommen, geblendet. Eine Schicht grauer Tonstaub überzieht den Boden, alle Bänke und Gerätschaften.
Die Wintersonne fällt gelb auf die Drehscheibe, auf der die Engel entstehen, und blendet mich. Ich bedecke die Hände einen Moment mit lauwarmem Wasser.

Ich forme freie Seelen an einem Sonntagvormittag. Draußen, auf dem langen Hang vor dem Fenster, laufen drei streunende Hunde umher, die aussehen, als wären sie eine Kreuzung voneinander, wie immer sie das angestellt haben.

Zwischen großen blauen Keramikfiguren mit zerbrochenen Flügeln und Sprüngen in der Glasur und braunen Ahornblättern, die ihnen der Frost aufgeklebt hat. Erde mit gelbem Wintergras sieht aus dem Schnee hervor. Eine mit blauen Pferden, die nicht traben, mit blauen Götterköpfen (Sonnengottköpfen) und kleinen wilden Hunden verzierte weiße Welt. Hunde, die herumlaufen und sich auf die unglaublichsten Weisen kreuzen.

Horche auf Geräusche im Haus. Nur das Bullern im Ofen. Ich schaffe es nicht, mir etwas Neues auszudenken. Ich arbeite mechanisch an den Engelsgewändern fürs nächste Weihnachten ... Heute ist Neujahr.

Ich hätte nie gedacht, daß ich so lange allein bleiben würde. Fünf Jahre. Ich glaubte (wie Kersti), so in einem halben Jahr würden sich neue Türen auftun ... Ja, sie taten sich auch auf. Und fielen mit einem Knall wieder ins Schloß. Jedesmal. Knall. Nach und nach kam die Kälte geschlichen.

Ich stellte massenweise blaue Liebestauben her, Mobiles, Turteltauben, weiße Picasso-Tauben, was ich für eine Art politische Keramik hielt. Die Leute klopften mir auf die Schulter, und jemand sagte: *Deutlicher* werden, noch *deutlicher*.

Ich versuchte es. Die Töpfe bekamen Köpfe, Körper, Tiergesichter. Zum Spaß modellierte ich zwei Schweine, die es miteinander trieben, mit einem breiten entzückten Grinsen über ihren Schweinerüsseln. Es hagelte Bestellungen. Dann wurde ich kritisiert. »Das ist die, die nichts als Kopulationen im Kopf hat.«

Es kam die Zeit, als die Frauen auf die Barrikaden gingen – ich stellte abgesägte Köpfe her.

Jetzt forme ich Engel. Ich habe eine Bestellung von einer Hauptschule bekommen. Ich habe vor, phantastische Sachen für sie zu machen. Möchte Menschen modellieren, die nackt sind, die tanzen, singen, die frei sind, die sich lieben, die kämpfen. Die Kinder sollen etwas zu sehen haben, vor und nach den Stunden, und neugierig werden aufs Leben.

So wie ich? Ja, so wie ich.

Am Fuß der Kellertreppe ziehe ich die Clogs aus. Ich klettere nach oben wie auf einer Schiffsleiter, die von einem verrückten Steuermann mit Bärenklauranken und Posaunenengeln dekoriert wurde.

Jetzt ist es halb eins, und Kersti liegt immer noch im Bett. Vielleicht ist heute wieder so ein Tag, den sie ganz verschläft. Lieber wäre ich allein, als diese lebende Leiche im Haus zu haben.

Ich bleibe unwillkürlich auf der Stufe stehen, über der früher ein Spiegel hing. Wußte gar nicht, daß ich die Gewohnheit hatte, in den Spiegel da zu sehen, bevor Kersti ihn in ihr Zimmer mitnahm.

Bin ich stehengeblieben, um zu sehen, ob ich Ton im Haar habe? Um mir selbst tief in die Augen zu sehen und verliebt zu lächeln? Im Vorbeigehen? Eigentlich hatte ich kopulierende Löwen modellieren wollen. Das ruhige schwere Männchen auf dem still genießenden Weibchen, im warmen Wüstensand.

Das Wohnzimmer ist eiskalt und dunkel. Was draußen ist, kommt jetzt mehr ins Bild, das gelbe Gras ist schön. Der Fjord weit unten. Die Fahrrinne leer. Das Eis wie Seerosen. Magere kleine Mädchen, die kichernd zwischen Seerosen umherwaten – vor zwanzig Jahren.

Einem, der von draußen hereinkäme, fiele nichts Besonderes auf: eine unordentliche Decke, das Schaffell vor dem Kamin, viel Asche über den Boden verstreut, zwei Gläser und eine leere Flasche selbstgemachter Pflaumenwein. In Grautönen.

Ich beeile mich, die Decke schön zu glätten, nehme die Gläser und die Flasche in eine Hand und stelle sie weg. Ich stelle das Tonbandgerät an, aber es kommt dieselbe Musik heraus, die gestern herauskam, als ich Kersti aus dem Zimmer jagte. Oder ist Kersti geflüchtet? Wer ist geflohen, Kersti oder ich?

ES GIBT PHASEN BEI IHR, IN DENEN SIE
KEINE ANDERE NAHRUNG ALS MUSIK ZU SICH NIMMT

Ich zünde das Feuer im Kamin an. Es ist kalt und klamm. Setze Kaffeewasser auf. Ich betrachte das Bild, das Großvater gemalt hat. Ein kleiner Junge in Reisekleidern zwischen zwei großen nackten Frauen.

HEUTE IST DAS BILD IN DIE WAND GESCHMOLZEN

Teddy ist an der Tür, ich lasse ihn herein, schaffe es gerade noch, einen seiner Freunde wegzutreten, während er reinflitzt. Er gähnt mit einem kleinen Hundejaulen, sieht mich an, rutscht auf dem Teppich vor, um seinen Bauch zu trocknen.

Da steht Kersti in der Tür. Graue Haut, Augen wie ein alter Mann, fettiges Haar. In einem dicken Islandpullover und sonst nur in der Unterhose. Die Schenkel blau. Blauer Engel.

Brrr, sagt sie. Teddy ist bei ihr drüben, verrückt vor Freude. Sie umarmt ihn wie einen Heimkehrer aus Amerika, als wäre er ihr sehnsüchtig erwarteter Liebster, redet auf ihn ein mit süßer sanfter Stimme, und Teddy läßt sich streicheln, läßt sich liebkosen, verzückt. Sie sieht mich nicht an.

»Der Kaffee ist fertig«, sage ich und versuche ein Lächeln. Kersti schweigt. Ich weiß, daß ich jetzt nichts aus ihr herausbekomme. Kersti stürzt sich leicht wieder in Verzweiflung.

Ich beherrsche mich mühsam, tagaus tagein. Statt Hilfe in der Werkstatt habe ich eine Patientin bekommen ...

Nein, ich bin eine mütterliche Freundin. Verrate Glasuren und Temperaturen. Die beste Technik.

Kersti seufzt in ihren Kaffee. Ich tue so, als störte mich das gar nicht. Sie hat die Erlaubnis, zur Last zu fallen. Das ist es, was Kersti so zu schaffen macht. Daß sie nur zur Last gefallen ist.
Aber gestern abend hat sie eine Wärme im Körper gespürt, eine Wärme, die dann da ist, wenn alles stimmt. Eine Musik, ein Schaukeln.

ICH HABE GETRÄUMT, ICH STREICHELTE KERSTIS HÜFTE
LÄCHELN, DAS SICH BAHN BRICHT
SAH ALLE IHRE NARBEN, GROSSE ZUSAMMENGENÄHTE RISSE
IN DER HAUT, WO BIST DU AM WEICHSTEN, FLÜSTERTE ICH
UND STREICHELTE WEICHE STELLEN, LÄCHELN, DAS UNS
MITZIEHT, ICH STREICHLE WEICHE STELLEN
UND VERSPRECHE, SIE EINES SCHÖNEN TAGES
RICHTIG ZU LIEBEN, WARM UND TIEF SO WIE DICH

Aber als sie im Dunkeln zu mir ins Bett kam, warf ich sie hinaus, beleidigt, weil sie kein Mann ist. Sie kriecht wieder zu mir ins Bett, bittet, nur ein bißchen drinbleiben zu dürfen, ihre Hände sind kalt wie das Wasser im Fjord. Sie bleibt eine Weile liegen, dann krabbelt sie auf den Boden und wimmert. Ich drehe mich zur Wand. Ich habe geträumt, ich streichelte Kerstis Hüfte.

GENAU SO BEHERRSCHT, WIE WENN DIR EIN STAPEL TELLER
ENTGEGENFÄLLT, WÄHREND DU DIR EINE KAFFEETASSE AUS
DEM SCHRANK HOLST, UM DICH HER GEHT ALLES ZU BRUCH,
UND DU SAGST DIR: IMMER MIT DER RUHE, DAS KÖNNEN
WIR ALLES WIEDER KITTEN

ABER DU HAST DEIN LEBEN ZU SCHLECHT GESTAPELT
MEIN KIND, DIE STAPEL SCHWANKEN

IM HAUS AN DER WINTERKÜSTE

sitze ich mit Kersti zusammen, und sie erzählt von ihrer chaotischen Familie. Ich habe eine Schachtel mit Wasserfarben gefunden, was dazu führt, daß ich die Innenseite des Deckels vom Schmelzkäse Crème Chérie mit Blumen und Gebeten dekoriere: Schleck mich! Saug mich!

EINDRÜCKE VON 1943

Sie war eine lange große Frau, Kristine, Kerstis Tante, die Schwester von Kerstis Mutter. Dünn. Schwarzhaarig.

Sie kriegt das Kind und läßt es bei ihrer Mutter. Ist Kristine die Mutter? Wer ist die Mutter? Geht sie weiter ins Kino, in ihrem taillierten burgunderroten Mantel? Das bin ich, denkt sie. Ich fahre bald ab. Ich habe einen Jungen gekriegt – soll sie ihn haben. Es wird schon gehen. Ist es leicht? Ist es schwierig? Sie will doch so viel lieber als ich ein Kind mit nassen Windeln haben. Ich habe kein Heim. Ich habe keinen Mann. Zu Hause bin ich obdachlos, seit ich ein Kind kriegte, ein unmögliches Kind. Ich muß raus, wieder meine Flügel ausprobieren, wie man so sagt.

Kersti hat sich solche Mühe gegeben, ihre Tante zu verstehen.

Ich weiß, ich tue etwas Schändliches. Ich stürze mich freiwillig ins ehrliche Hurenleben. Warum ich das mache? Ich habe immer einen großen Ballon dabei, im Arm. Er ist nicht zum Platzen zu bringen. Bringt meinen Ballon zum Platzen, los! Jemand soll meinen Ballon zum Platzen bringen! Nimm mich jetzt ganz, ganz gleich wer du bist, wenn du mich nur jetzt ganz nimmst!

Verstehst du sie, Monika?

Und bei den Kindern, die ich alle kriege, kommt's nicht so darauf an, wo sie sind, außerdem weiß ich, daß meine

Mutter sie haben will. Sie sammelt, um sich eine Goldmedaille als Heldenmutter zu verdienen.

Verstehst du das, Monika?

Kristine war auf ewig schwanger. Das Kind war irgendwie ungeboren. Oder war sie selbst ungeboren? Geboren. Auf die Welt gekommen. Glückliche Widrigkeiten in Sicht. Frei wie ein Vogel, hei, so singen wir. Und unser Leben. Das hat uns der Teufel gegeben.
Meine Mutter bekommt das Kind. Die Fäden, die mich hier festhalten, sind zu dünn. Krankheit? Bin ich ein bißchen krank? Doch, ich bin ein bißchen krank, aber das geht vorbei. Die Nerven ... ich esse die Haut auf – meine Nagelhaut. Mein Kind schreit in mir drin. Nicht in seinem Bett, dem warmen Bett. Ich schreie.
Geilheit oder Milch zieht in den Brüsten. Die Lust ist weiter nichts als ein Druck.

Verstehst du das, Monika, was sie da sagt? Ich möchte sie so gerne verstehen.

STARKE KRÄFTE ZIEHEN UNS WEITER WEG
AUF WAS BIST DU SO STOLZ

Das Pferd ist schon schön, wie es dasteht, schwarz vom Kaminfeuer.
Die Kinder haben die Tragödien der Erwachsenen miterlebt. Deshalb sind sie so selbständig und sicher geworden. (Sicher, daß die Tragödien schon noch kommen.)

EIN TRAUM VON HEUTE NACHT

Kersti und ich wohnen zusammen in einem ganz neuen Haus. Es riecht nach frischem Holz und Sonne und Wind.

Ich wache mitten im Kamin auf und gehe ins Schlafzimmer, aber es hat sich ohne mein Wissen in ein Badezimmer verwandelt. Man hat alle Zimmer gedreht und gewendet, ohne mich zu fragen.

Kersti und ich gehen die Straße entlang. Wir sind sauer. Haben keinen Kontakt.

Sie trägt eine große Metalltafel, ich kann die Vorderseite nicht erkennen, aber ich weiß, es ist ein Kinoplakat. Sie ist sauer, weil ich mich nicht freue, daß wir ins Kino gehen. Plötzlich fällt mir ein, weshalb ich sauer bin, und ich erzähle es ihr:

Kersti, ich weiß doch nicht, in was für einen Film wir gehen! Du hast mir das Plakat, das du trägst, nicht gezeigt! Es gefällt dir nicht, daß ich das sage, du willst nichts zugeben, keinen Kommentar abgeben.

Du verwandelst dich in eine rote Erdbeere, als ob auf einmal Krieg wäre, und kullerst in den Rinnstein, camoufliert.

ES IST WINTER

Kersti und Monika streiten. Monika geht zum Kühlschrank und nimmt zwei weiße Eier heraus. Läuft in den Schnee hinaus. Wirft die Eier an das Fenster, hinter dem Kersti sitzt. Glitschig rutscht Gelbes und Weißes. Was in den Eiern ist. Kersti läuft zum Schrank und holt den Fotoapparat. Sie geht in den Schnee hinaus und macht Aufnahmen, als sammelte sie Beweismaterial für einen Prozeß. Hinterher kann sie mit den Fotos nie etwas anfangen.

In einem grünen Licht, das Wald heißen soll, steht Kersti.

WILL NICHT ZUGEBEN, DASS SIE ES SCHWIERIG FINDET

Allerhöchstens sagt sie: Ja, ja, ich finde es schwierig. Mit einer so zahmen, neutralen Stimme, daß es ihr mindestens *gleichgültig* zu sein scheint, was wird. Was aus unseren Leben wird. Denn es *wird* ja irgendwie, wie man so sagt, irgendwie wird es schon werden, sagen die Leute, und sie haben doch recht?

WEIT WEG SIND NOCH ANDERE BILDER, FÜR DIE SICH ZU
SCHMELZEN LOHNT, KERSTI

Ich sehe dich wildes Theater spielen in einem Gebäude aus Bäumen. In einem Wald, der aus lauter Tempelgängen besteht, einer hinter dem andern. Du trägst weite blaue Kleider und könntest leicht mit einem auffliegenden Vogel verwechselt werden, weich schwankende Schwanenfrau. Meer und Himmel, Oberkörper und Unterkörper gehen ihren Weg. Jetzt versuche ich, weiter in dich zu dringen. Ich weiß ein bißchen, wie es ist, verliebt in dich zu sein, in deine Ferne, deine Steifheit und deinen Willen. Aber wenn ich dich wildes Theater in einem Wald spielen sehe, breitest du die Arme aus, und ich sehe die Innenseiten deiner Hände zum erstenmal ganz offen vor mir. Wo hast du deine tiefe versteinerte Verzweiflung hergeholt? Was mußt du zerbrechen, um loszukommen, um einen Steg zu finden, der aufs freie Feld hinausführt? Wo möchtest du eigentlich wohnen? Du, Stehauffrau. Liegst im Wacholder mit wachen Augen, wartest, wartest.

DIE INNENSEITE LÄSST SICH GROB CHARAKTERISIEREN NACH DIESEN ODER JENEN FELDERN, DIE DIE VERLETZLICHSTEN KÖRPERSTELLEN BEZEICHNEN: DIE HAUT IST AM DÜNNSTEN, DIE SCHLAGADERN LIEGEN DICHT AN DER OBERFLÄCHE, EMPFINDLICHE BEREICHE, DIE ALLE IN DER KÖRPERHALTUNG DER HINGABE ENTBLÖSST WERDEN, HANDGELENKE, ACHSELHÖHLEN, DIE KEHLE, DIE LEISTE, DER SCHAMHÜGEL UND DAS GANZE BECKEN. DIE ANGSTHEMMENDEN REFLEXE IN CHRONISCHER EMPFÄNGNISBEREITSCHAFT WIRKEN AUCH LUSTHEMMEND

ICH SCHLAFE NICHT MIT MÄNNERN, DIE ICH KENNE, DENN WAS IST, WENN WIR UNS AM TAG DANACH BEGEGNEN?

hat Kersti gesagt, die beste Frau der Welt für mich. Wie eine vergessene Prinzessin liegt sie auf der Matratze unter dem Bild, das Großvater gemalt hat. Und hält ein paar große Bögen in ihren weißen Prinzessinnenhänden, die sie mit Buntstiften ausfüllt. Es ist der letzte Abend im Jahr. Alles, was sie im letzten Jahr gemacht hat, bekommt ein Kästchen. Eine Tabelle über das Jahr. Farben, Felder.

Blau für Schwimmen. Rosa für Träumen. Orange für Lernen, Schwarz für Nacht.

Mir fällt auf, daß sie keine Rubrik für Liebe hat. Ob es ein rotes Kästchen geworden wäre? Für Kersti ist die Liebe in Schwarz eingekapselt.

Jeden Tag muß sie an der ausgeklügelten Tabelle sitzen, statt an ihrer Stimme zu arbeiten. Aber in ihrem Schema fehlt eine Rubrik für die Arbeit am Schema.

NEUJAHRSNACHT

Bei minus zwanzig Grad waren wir draußen, um Feuerwerksraketen in die Luft zu jagen. Ein verdammt einsames Gefühl ist das, wenn um zwölf Uhr nur noch eine andere Frau da ist, der man um den Hals fallen kann. Die Finger frieren einem ab, und die Raketen zünden nicht. Auf der anderen Seite vom Fjord wird ein Fest gefeiert, da wäre ich jetzt gern. Aber Kersti hat sich in den Kopf gesetzt, daß sie nie mehr einen Mann sehen will.

Irgendwann heute war einer hier drin, hat uns mit der Warmwasserpumpe geholfen. Und hat Großvaters alten Kamin mit uns repariert. Er ließ sein Messer auf dem Kaminsims liegen.

Als er weg war, fand Kersti das Messer. Bei dem Anblick wurde sie ganz wild und warm: ER HAT SEIN MESSER VERGESSEN!

Jetzt kommen wir aus der Kälte mit den bescheuerten Raketen herein.
Kersti setzt sich vor den Kamin und läßt den Kopf hängen. Wütend wirft sie die Raketen in die Glut.

Im nächsten Moment erbebt das ganze Zimmer in einer Gold-Explosion. Kersti liegt heulend vor Lachen auf dem Boden, einen Stuhl mit ausgestopften Elchfüßen auf dem Bauch.

Wir brauchen ein neues Jahr.

SIE HAT DICKE GRAUE WOLLSTRÜMPFE AN DEN BEINEN, ZIEHT EINEN STRUMPF AUS, DARUNTER HAT SIE EINE KNALLBUNTE SOCKE — WIE DIE FESTE AUSSICHT AUF BEFREIUNG

Teil III

Der Rächer kriegt nie seine Rache

(Kersti)

DIE ZEITMASCHINE

Der Gauner erzählte, daß es jetzt möglich sei, in alle Richtungen zu reisen. Auch in der Zeit, kein Problem, vor und zurück durch die Zeit, ganz nach Wunsch. Ich müßte mir nur eine der neuen preisgünstigen Zeitmaschinen anschaffen.

Als der Schwindler die Zeitmaschine brachte und mir Reisen durch die Zeit versprach, vor oder zurück (um Schätze zu finden und reich zu werden), stieg ich freiwillig ein, setzte mich hin und wartete ab.

Der Fußboden öffnete sich (aber das konnte ich ja nicht sehen), und die alte verrostete umgebaute Taucherglocke wurde ins Kellergeschoß hinabgesenkt, ein paarmal auf und nieder getunkt, damit bei mir der Eindruck entstand, wirklich durch Zeit und Raum, über Berg und Tal zu reisen, wirbelnd durch den Zeitennebel.

Er hebt die Taucherglocke und läßt sie vom Grund, von der linken Ecke aus hinaufschwingen, dann in einer trägen Bewegung nach rechts unten.

Rauhe Wände, Spinnweben.

Der Lichtkegel ortet ein Wirrwarr aus vergilbten Zeitungsartikeln, stockfleckigen Koffern, kaputten Fahrrädern; schleimiges Wasser rinnt von rissigen Backsteinen.

Ich verlasse die Zeitmaschine.
WILLKOMMEN, steht auf einem frisch gemalten Schild.

VERGANGENHEITSREISE

Die Gänge sind dunkel, die schwarz gekleideten Wächter alt und freundlich. Die Gänge sind lang und dunkel und leer, wie in einem ausgeräumten Theater. Keine alten Wappen, keine schlechten Porträts, keine Kleider und Jacken ohne Rücken.
Lange leere Gänge führen zu Zimmern mit viel Platz auf dem Fußboden, dunkle Zimmer mit Vitrinen an den Wänden. Keine Vitrinen mit Grabfunden aus gefrorenen Erdschichten, keine Vitrinen mit Körpern aus schwarzen Kulturen, mit Haut und Haar präpariert. In den Vitrinen stehen meine Mutter, mein Vater, mein Kind, meine Freunde, mein Liebster. Sonst sind keine Besucher in diesen Sälen, nur ich, schuldbeladen und lebend. Schuldbeladen halte ich mich für die Angeklagte.
»Die Reise« steht als Titel über der Ausstellung. Grüne Exit-Schilder leuchten über den Saaltüren. Meine Mutter wird in dem gelbgrünen glitzernden Morgenmantel aus den fünfziger Jahren ausgestellt, dem mit Giraffen drauf. Unschuld. Sie streckt eine Hand mit schokoladeüberzogenen Schlaftabletten aus. In diesem Licht ist sie nur schön, und der kleine Luftfeuchtigkeitsmesser in der Vitrine sieht wie eine Uhr aus. Feuchtigkeit oder Zeit.
Das war ich, die die Schlaftabletten gegessen hat, weil sie so gut schmeckten. Aber dann waren sie so schlecht. Ich wurde ausgepumpt und starb nicht.
Schuldbeladen gehe ich weiter. Die nächste Vitrine ist mit einer ganzen Bareinrichtung ausgestattet. Flaschen mit Haig, Teacher's und Black & White, und da steht mein

Vater, elegant in einer kurzen Bartenderjacke, und wäscht Gläser in einer Maschine. Er steckt das Glas in ein Loch unten und holt es sauber und beinahe trocken wieder hervor. Auf nassen weißen Leinentischtüchern liegen Kinderzeichnungen auf einem Haufen. Die habe ich gezeichnet, es waren Briefe, die er nie beantwortet hat. Aber daraus kann man einem Vater keinen Vorwurf machen.

Schuldbeladen gehe ich weiter.

Die nächste Vitrine ist nur mit blödem alten Spielzeug vollgestopft. Eine geköpfte Puppe, ein paar miserabel genähte Kleider. Ein paar Bilder von einer Lampe mit Mund und Augen, die aus einem Lampengeschäft ausrückt. Puppenmixer und Puppenherd und Nähmaschine, es sieht so aus, als habe jemand darauf gesessen.

Schuldbeladen gehe ich weiter. Ich nähere mich der ersten Liebe und der ersten Trockenhaube.

Ein paar kluge Sätze, eine Aufforderung, zu sich selbst zu finden, hängen über der Tür zum nächsten Saal. Fotografische Vergrößerungen von Bildern: Schmuckkästen, Klassenfotos und Fischklöße in Tomatensoße – ich nähere mich dem Gegenwartssaal. Ich mache einen weiten Bogen um die Aufstellung eines Konfirmationstischs mit Tanten und Onkeln aus Wachs, die Telegramme in ihren Händen halten.
Es reicht, jetzt reicht es. Ich bin hergekommen, um für eine Verteidigung zu sammeln, aber je mehr Material über den Enttäuscher und Betrüger zusammenkommt,

um so vernichtender sind die Beweise. Ich komme am Verbrechen vorbei. Ich betrachte das Verbrechen in einer Glasvitrine.

Die große Auslieferung:

Ein Regenmantel, über grünes Gras gebreitet. Ein Silberregenmantel. Versilbertes Leder, das Plastik ist, darauf liege ich, und darauf liegt der junge Seemann. Nichts Schlimmeres? Wie ist das möglich? In meinen Augen sieht das jetzt schön aus. Ein blauer Juniabend im Gras, es hat geregnet, aber es regnet nicht mehr. Leise Rufe und Musik von einem Vergnügungspark, das Summen von Autos, die über eine Brücke fahren. Gesang von Booten her, die unter einer Brücke hindurchgleiten. Das hier ist das allerschlimmste Exponat.

Etwas, wofür man in den Tod geht. Dem Kaninchen den Hals umdreht. Der Rest des Saales ist schwarz verdunkelt. Jetzt schwenkt der Scheinwerfer plötzlich auf eine andere Ecke um. Da steht Elvis als Hologramm und singt Love me tender. Liebe meinen Ständer, steht auf einem Schild hinter ihm.

Ich bin froh, daß die Museumsexperten phantasievollen Gebrauch von dem Material machen. Ich stelle fest, daß sie Probleme bekommen, die Übersicht zu wahren, je weiter es auf die Gegenwart zugeht. Das ist nur natürlich. Ich sehe mich nach einem der alten Museumswärter um, den ich nach dem Saal für die Gegenwart fragen kann. Im Dunkeln kommt ein Wärter angeschlurft. Er könnte mit

einer Wachsfigur verwechselt werden, er hat die gleiche gelblichweiße Haut, er hat den gleichen totenähnlichen Kopf. Er hat eine freundliche stolze Stimme.
Er bittet mich, zu entschuldigen, aber der Saal ist noch nicht fertig.

Ich bestehe darauf, eingelassen zu werden. Ich sage, ich hätte ein Geschenk für das Museum. Im übrigen, sage ich, ist euch da drinnen ein kleiner Schnitzer unterlaufen, mein Vater war nie Bartender, er war Schiffskapitän!

Der Wärter klinkt das dicke Absperrseil aus. Ich stehe in einem Saal mit Oberlicht, der voller Kisten und Kartons mit Kleidern und Gardinen, Möbeln und losen Köpfen steht.

Bereue ich? Ich höre das schleppende Geräusch von Pantoffeln auf dem verrußten Steinfußboden. Es ist nur der Wärter, der mich bittet, nichts anzufassen. Es sei nicht gut, wenn man zu viel in seinem eigenen Leben anfaßt, sagt er. Unangenehme Stimme.

ALLE MÖGLICHEN METAMORPHOSEN:

MÄNTEL HOSEN PONCHOS TURBANE
WIE FAHNEN, FLAGGEN, WIMPEL
WIE SEGEL, WIE ZELTE, WIE BANDAGEN
UND BINDEN USW USW

WAS NACH UND NACH PASSIERT: DIE HEMMENDEN
WIRKUNGEN, DIE DIESE TEXTILEN REQUISITEN AUF DIE
KÖRPERLICHE ERTÜCHTIGUNG AUSÜBEN

ETWAS TÄPPISCHES KOMMT DABEI HERAUS, ETWAS, DAS
LEICHT IN PURE CLOWNERIE AUSARTEN KÖNNTE, ABER
NACH UND NACH GEWAHRT MAN DIE UMRISSE VON ETWAS
GRÖSSEREM UND ERNSTEREM: DIE FEIERLICHEN
PROZESSIONEN, DIE HINDERNDEN UND HEMMENDEN BINDEN
UND BANDAGEN

SIE ERINNERN AN GRÖSSERE UNMENSCHLICHERE
VERSAMMLUNGEN UND KONFLIKTE ALS DIESE AUSSTELLUNG
IN EINEM MUSEUM

GLAS

Nein, ich verstand nichts. Mir waren die Urheberrechtsfragen ausgegangen. Zwanzig Jahre hatte ich ihn nicht gesehen. Als ich ein Kind war, tauchte er plötzlich in einem Hotel auf, in dem ich mit meiner Mutter wohnte. (Hatte schon immer eine Schwäche für Hotelzimmer, weiß der Teufel warum.)

Das Hotel wurde jetzt umgebaut, aber damals gab es dort ein Restaurant im 13. Stock. Mit Aussicht.

Aussicht – warum nicht. Aus dem 13. Stock. Noch sind die Städte nicht so hoch und so nahe am Himmel. Dort saß ich mit meiner Mutter, als er kam.

Aber auf dem Erinnerungsfoto sind weiße Flecken. Große weiße Männerhemden. Weiße Restauranttischdecken und weiße Kellnerrücken.

Ich war so gespannt auf meinen Vater, und ich hielt mein erstes Glas Wein in der Hand. Das gehört zum Erwachsenwerden. Ich trank den schlechten Wein und sah meinen schönen lächelnden Vater an und trank so inbrünstig, daß das Glas an meiner Zunge zersprang, und PENG!

Auf dem nächsten Foto sehen wir eine Schar besorgter Köche in der Restaurantküche, in Licht und Dampf, und ich werde gebeten, mich zu erbrechen, auszuspucken.

In diesem altmeisterlichen Aufzug gingen die Werte der Aristokratie in einer ambitiösen Bourgeoisie zugrunde.

ES WIRD DUNKEL

Es ist nur der normale Menschentag, der zu Ende geht. Die Gedanken, dieselben, kommen deutlicher. Das Gedankenmaterial wird sichtbar wie leserliche Zeichen auf einem Feld an der Wand.

Ich sehne mich nach ihm. Eine Karikatur. Er trägt gewisse Zeichen, die sogleich an einer Stelle in meinem System aufgefangen werden.

Resultat: ruhelose Nächte. Einfach zu deutende Träume, immer leichter im Lauf der Jahre. Ich habe mich an das Natürliche gewöhnt. Habe vor mir selber nicht mehr so viel zu verbergen.

SCHMETTERLING

In einer Vitrine bewegt sich etwas. Da sitzt ein Schmetterling und lebt. Er lebt und ist leicht zu fangen. Etwas muß ich mit diesem Schmetterling anfangen.

Ich werde ihn in eine kleine schwarzgelackte Schachtel sperren und Mats schicken. Sicher ist er halb tot, wenn er ankommt, und fliegt ihm in die Hand und stirbt, und dann denkt Mats an mich, und dann ...

Ich nahm den Schmetterling in die Hand und klopfte an die Tür des Kustos. Er hielt gerade eine Konferenz ab, also ließ ich den Schmetterling einfach frei und verschwand. Es kam nicht hinter mit her, mein Geschenk an das Museum.

ZURÜCK FAR AWAY

Ich gehe zurück durch die Ausstellungssäle, zurück zum Keller.

Der Ganove macht sich an der Taucherglocke zu schaffen, er konnte noch nie mit Frauen reden, und mit mir kann er erst recht nicht reden. Er macht die Taucherglocke zur Auffahrt bereit, aber in einer Eingebung sehe ich mein Gesicht zerquetscht vor mir. Er versetzt die Glocke in träg schwingende Bewegung, dann zerbricht die Kette, und die Taucherglocke fällt auf eine schwarzhaarige Frauengestalt mit blassem Gesicht.

Ein Glück, daß ich die rosa angezogene Konfirmationspuppe aus dem Exponat mit den Telegrammen rechtzeitig dort plaziert habe.

Willkommen, steht auf einem verdreckten, beinahe unleserlichen Schild.
Willkommen, aus Sicherheitsgründen werden Sie gebeten, dem Wärter das Innere Ihrer Handtasche zu zeigen.

Ich werde von etwas Starkem weitergezogen, ferne Länder far away, ferne Kulturen, die man noch nicht aus dem Sand ausgegraben, noch nicht unter dem Eis gefunden hat.

Unter der Dusche in Schwarz

(Michael)

WARUM LÄSST SICH DER DURST NICHT LÖSCHEN?

ALLE HEILIGEN FRAUEN UND MÄNNER HABEN DIE AUGEN VON
VERRÜCKTEN
DAS LICHT DAS GUTE, DAS DUNKEL DAS BÖSE, ABER
BIOLOGISCH BRAUCHEN WIR BEIDES

Kersti steht in ihrem Hotelzimmer unter der Dusche und pfeift. Betrachtet vergnügt die Schminke und die Dosen. Das breite Doppelbett, in dem sie allein schlafen wird. Sie löscht das Licht im Badezimmer und duscht in Schwarz.

Vor den Augen: Entbehrung und weiße Flecken. Sie hört Mats' Stimme, Mats' Stimme, und den Busfahrer, wie er ruhig mit ihrer aller Leben auf der Straße jonglierte. Ein kleiner Plastikweihnachtsbaum, an der Frontscheibe festgeklebt, mit brennenden Lichtern. Ein Mittwinternachtstraum.

Sie und Mats haben es auf sich genommen, von Kirche zu Kirche zu fahren und Konzerte zu geben. Die Kirchen sind kalt. Die Leute kommen und setzen sich und nehmen es hin, wie sie an den Bänken festfrieren. Nur unten auf der

Kanzel, wo der Pastor steht, heizt ein kleiner glühender Ofen seinen Talar auf. Kersti und Mats ziehen mit ihrem Mittwintertraum umher, um einander wiederzufinden. Warum läßt sich der Durst nicht löschen? Oder: Warum hat Mats es nicht zuwege gebracht, sich scheiden zu lassen. (Ich wollte, ich wollte gar so gern meinen Stern.) Die Leute machen sich die raffiniertesten Gedanken über Sünde und Teufelszeug. Sie haben die Satyre ans Licht geholt. Aber die Darstellung des Himmeltotenreichs ist phantasielos wie der blaue Himmel.

Mats, ich liebe dich. Ich bin von dir weggegangen. Ich will deine Morgenanrufe bei Eli nicht mehr: Jah, Schatz, doch, Schatz, mein Schatz. Während ich erschöpft daliege und mich nur nach einem Türpfosten sehne, in den ich mich einhängen könnte, um meinen Rücken zu entlasten; lächerlich, wie wir auf der Flucht sind. Wir reisen die ganze Zeit von den Blumen weg, wie konnte es geschehen, daß etwas, womit zu schlafen so viel Spaß macht, nicht nicht ...

Wir reisen die ganze Zeit von den Blumen weg, ich mache verwegene Sachen: Ich gehe hinter den Altar und öffne einen schmalen Schrank, finde Branntwein, finde ein paar Rollen, wie die Münzrollen in der Bank. Oblaten, auf alle ein Jesus gestanzt, und schmecken nach Papier. Ein frivoles Berühren des Priestergewands auf dem Kleiderbügel. Ich aß Geld, aß Papier, ich machte die ungeheuerlichsten Sachen, um durchzuhalten. Ganz unten im Altarschrank stand ein Paar Turnschuhe.

WIR WAREN VERREIST

UNTER DER ERDE
VIELE TAGE VIELE NÄCHTE

JETZT BIN ICH DABEI
DEN KÖRPER LANGSAM NACH OBEN TREIBEN ZU LASSEN
IN DER HAND EINE FLASCHE MEERWASSERPROBEN

WERDE ICH MICH MORGEN GEZWUNGEN SEHEN
WIEDER ABZUTAUCHEN
UM NOCH MEHR EINDEUTIGE BEWEISE DAFÜR ZU FINDEN
DASS WIR WIRKLICH IN DER HÖLLE WAREN?

WIE SCHWIERIG DIE LIEBE IST FÜR ZWEI VERFRORENE GRAUE KÖRPER IM DEZEMBER

Das letzte Hotel auf ihrer Tournee war ein Motel. Das bedeutet: Motorgedröhn die ganze Nacht. Als Mats und Kersti die Rezeption betraten, beschloß sie, sich ein anderes Hotel zu suchen, ganz für sich allein. Sie konnte es ihm nicht erklären. Ihm blieb der Mund offenstehen. Er wollte schon hinter ihr herkommen: Aber hier ist es doch nett und sauber? Mats blieb in dem Zimmer wohnen, das zwischen einer achtspurigen Autobahn (vorn) und einem Sanierungsgebiet alter Stadthäuser (hinten) lag.

VOR DEM HOTELFENSTER UNGEGESSENE ÄPFEL
BRAUNES SCHRECKOBST

Das Kinderfernsehen zeigte einen Puppenfilm. Fünf Geschäftsmänner sahen ihn sich an, sahen hin oder waren in der Rezeption draußen, um sich neuen Kaffee und Plastiktüten mit Käsesandwichs zu holen. Ich stehe an der Theke und verlange den Schlüssel für 705. Hallo 705, sagt ein Mann, ein großer Schatten dicht bei mir, hinter mir stehend. Im Salon drinnen quiekt ein Kaninchen, wenn es von der Giraffe am Bauch gekitzelt wird.

Entschuldige, ich konnte nicht umhin zu hören, wo du wohnst, sagt er. Wir sind Nachbarn! Als müßte ich entzückt sein, führt er mich fort zu dem winzigkleinen Vor-zwei-Weltkriegen-Aufzug. Er ist hochgewachsen, schwarz, mit verträumten braunen Augen, man kann ihn unmöglich beschreiben, ohne zu sagen: ein schöner Mann. Die Warnlampen leuchten auf, aber der Lift ruckelt sicher nach oben durch, ohne sich um die Anziehungskraft des Kellers zu kümmern.

Glücklich oben angekommen, stapft er zu seiner Tür, zeigt fröhlich auf die Nummer und geht hinein. Da verstehe ich gar nichts mehr. Aber was soll's: Ich habe genug für mich allein. Ich habe einen eigenen Wohnort gewählt. Ich bin frei. Und es macht mir nichts aus, wenn nichts passiert. Gelbbraune verträumte Augen. Hi hi. Nimm dir ein Glas Whisky, nimm eine Dusche. Mach ein Nickerchen. Erst die Dusche. Ich bin eine schöne nackte Henne. Ich pfeife im Bad. Ich betrachte vergnügt die Schminke und die Dosen. Ich denke an das mächtige Doppelbett. Ich stelle mir vor, wie ich allein darauf liegen und mich ausbreiten werde. Viele Nächte lang habe ich jetzt eine schmale Koje mit Mats und zwei Federbetten geteilt. Alle Nächte waren Raufereien.

Ich wasche alles herunter, ich wasche und schrubbe alles herunter. Und ich will Mats nicht mehr sehen, lange Zeit nicht, nicht bevor ich anfange, mich zu sehnen.

Ich lösche das Licht im Badezimmer und dusche in Schwarz. Ich tue alles, damit es mir gutgeht, damit ich mich selbst wiederfinde. Um allein mit meinen Gedanken und frei zu sein. Ich gehe wieder ins Zimmer, um das säuselnde Radio abzustellen – ich lasse nur meinen eigenen Einfallswinkel für Assoziationsketten zu.

Da steht Mats.

Schneefeucht, sieht aus, als käme er von einem Ausritt. Bist du hungrig? fragt er. Sollen wir ausgehen und sehen, ob wir ...

Das Telefon klingelt.
Stimme: Ich wollte nur wissen, ob du heute abend mit mir ausgehen möchtest?
Wer bist du? frage ich.
Ich? Ich bin der Mann von 707.
Ich dachte, jemand ruft von draußen an! ... Du (inwendig: Rolle rückwärts), es geht leider nicht, 707. Nein, ich

habe eine Verabredung, ich muß noch mal weg, ja ja. Tschüß.

Und hier wirst du allein schlafen? fragt Mats.
Ja, hier werde ich allein schlafen.
Ich muß morgen nach Hause. Heim zu Eli, ich kann mir nicht noch mehr Tage freinehmen.
Tja.
Kann ich mal dein Telefon benutzen?
Ja.

Er ruft an. Ich sitze auf der Bettkante und sehe ihm zu, meinem Traummann, der mir die zwei blauen Elefanten gegeben hat, damit ich sie in den Ohren trage. Der Anruf, leise, fast flüsternde Stimme: Mein Schatz... mein Schatz ... meine Katz.

Die Ausdruckslosigkeit, der fragende blasse Blick, das farblose Gesicht, steht einfach da und läßt sich den Mantel vom Leib zerren, die Distinktionen, die Goldknöpfe und Goldschnüre. Weiße Haut, wehrlose Nacktheit... Er läßt sich, er läßt sich, er läßt sie... Er überläßt ihr seine Kleider, den Mund, die Nase, und später den Fuß an der Wade. Mein Schatz, mein Schatz, ja, meine Katz. Die feinen Löckchen.

Und dann macht er sich über mich her. Er sagt eine Menge. Redet und redet, erklärt des langen und breiten und merkt dabei nicht, wie ich passiv werde unter ihm. Er ist stark und erregt. Er zittert vor Geilheit, etwas, was ich nicht leiden kann. Es ist am einfachsten, den Stand der

Dinge hinzunehmen, wie wir es tun, wenn wir vergewaltigt werden, damit man uns nicht umbringt.

Er setzt sich auf. Ich richte mich auf. Er redet weiter von Abreise und Eli. Ich sehe ihn an und sage haßerfüllt freundlich: Sei so lieb und geh!

Er befolgt das Kommando.
Aber er schafft es, eine Theaterverabredung herauszuschlagen. Und hinterher ein bestimmtes griechisches Restaurant? Ja. Raus!

Der Körper ist geil, aber der Kopf nicht.
Der Körper ist geil, aber das Mädchen ist wütend. Wie dumm kannst du dich noch benehmen? Ich stehe auf und greife nach der Whiskyflasche. Oh, edle Königin der Schotten, hilf mir!

Warum soll ich so tun, als ob ich auf der Seite der Engel stünde? Ich bin doch ebenso ein wildes Tier. Die Freude darüber, einsam in der Höhle zu sein, ist futsch. Ich kann nicht einmal mehr mich selbst in mir finden. Es riecht nach mir. Ich lege mich auf das Bett, ich liege auf dem Rücken, und das Bett dreht sich einmal um mich. Dann stehe ich auf und bin im selben Moment draußen, auf den weichen Teppichen im Hotelflur. Leer. Schräg gegenüber steht 707 an einer Tür. Wie ein weiches wildes Tier schleiche ich aus dem Dickicht hinüber und klopfe an. Er öffnet, wirft einen gelassenen Blick auf mein wirres nasses Haar, Kimono und barfuß. Ohne ein Wort läßt er mich herein. Er hat ein schmales Bett. Von Papieren mit Rechenergebnissen übersät. Es leuchtet in einem kleinen Rechner. Was sagen wir zueinander?

Warst du das, die eben hier geduscht hat?
Ja. (Er hat die Dusche gehört und an mich gedacht! Was hat er noch gehört?)
Ich habe etwas Whisky, sage ich, ausgezogen.
Dann gehen wir zu dir rüber, sagt er.
Ich laufe zu mir rüber und stelle das Fenster der Winterluft entgegen.

WENN ICH ZU EINEM PSYCHOLOGEN GEHE, DANN WIRD ER MIR ZU LANGEN SPAZIERGÄNGEN IN DER FRISCHEN LUFT RATEN

Er steht in der Zimmertür, sein Zahnputzglas in der Hand. Ich gerate an den Koffer, der schief auf einem Nachttisch steht, alle Kleider quellen heraus. Ich trete die Kleider beiseite. Jetzt ist sie voll da, die Geilheit. Er setzt sich an den länglichen Frisiertisch und gießt sich Whisky ein. Ich ziehe den Kimono aus. Er dreht sich eine Zigarette. Ich fische einen schwarzen Slip aus dem Kleiderberg. Ziehe ihn ruhig an. Mein ganzer Körper ist fleckig vor Erregung. Er stellt das Radio an. Weiche weiche Abendmusik. Er lächelt mir zu. Er ist dunkel und schön, und er hat ein weißes Hemd an. Ich fische eine weiße weitärmelige Bluse aus dem Kleiderberg. Ziehe dünne schwarze Strumpfhosen an, drauf und dran, aufs Bett umzukippen. Stellt die Lust mir Fallen? Dünne schwarze Strumpfhosen finde ich wahnsinnig sexy, sagt er.

Ich hebe den weiten afrikanischen Rock vom Boden auf. Jedesmal vergesse ich, wie man ihn wickelt. Ich ziehe die langen braunen Lederstiefel an. Trinke einen Schluck. Traue mich nicht in seine Nähe. Er trinkt und sieht zu. Sieht zu und trinkt. Er trinkt. Ich trage eine »sanft tönende Allroundcreme« auf, »gleicht Sonnenbrand aus, mildert Röte und verleiht der Haut einen warmen, goldbraunen Teint«. Lidschatten, etwas Ecusson (das Parfum mit dem Schild) und goldener Schmuck.

Dann setze ich mich neben ihn auf einen Stuhl und proste ihm zu. Fange an, meine Haare zu bürsten. Er streichelt meine Haare. Sie sind ein wenig feucht.

Meine Schönheit, sagt er.
Wir gleiten uns in die Arme. In dem Augenblick, in dem ich angezogen bin und zur Ruhe komme und überzeugt bin, der Versuchung diesmal widerstanden zu haben, packt uns die Wildheit und benutzt uns zu ihren Zwecken. Er küßt mich aufs Ohr. Es gibt einen Knall in mir. Du hast vergessen, die Elefanten anzuziehen, sagt er lächelnd, ich halte sie in der Hand, habe sie lange warmgehalten. Zwei blaue Elefanten.

Wir küssen uns. Ich sehe seinen breiten weißen Rücken hinunter. Ich sehe uns im Spiegel, weiß an weiß. Traumhaft sicher gehen wir auf dem Bett in die Waagerechte. Wir hängen zusammen. Es ist etwas an ihm, das mich jubeln macht: Ich habe ein Talent entdeckt!

Er sagt: Mußtest du nicht heute abend weg?
Doch ...
Wann denn?
In einer halben Stunde ...
Alle Blicke flackern.
Er sagt: Wir brauchen Zeit. Er sieht mich ernst an. Wir brauchen Zeit! Jede Menge schöne Zeit.
Wir kommen hoch wie aus einem Bassin, schwankend.
Wann kommst du wieder?
So um elf.
Kommst du dann?
Ja.
Bestimmt?

Er geht. Ich habe ein Talent entdeckt! Ich stelle die Musik lauter. Kurze Zeit später laufe ich hinaus auf die Straße, wie eine große warme glückliche Frau.

SCHWARZER MANN AUF BLAUEM LAKEN

Othello:

Schwarzer Mann auf blauem Laken, was flüsterte er mir ins Ohr, was murmelte er rief er tief in meiner Achselhöhle?

I love your sweet warm pussy ... I love your sweet sweet warm pussy ... want to fuck your sweet hot pussy ... your pussy wants my ... oh ... your sweet warm pussy needs my big hard ... my big hard black cock ... my big black hard ... I love your warm juicy pussy ... love your warm hot pussy ... love your warm hot ... your warm hot ... such a lovely hot pussy ... need to fuck your lovely warm juicy pussy ...

DAS BLUT KANN VON OTHELLOS HALS SPRITZEN

ABER IN EINEM FEINEN FEUERROTEN FÄCHER UM EINEN
GLÄNZEND SCHWARZEN KOPF, EIN LILA SEIDENSESSEL,
SEIDENSESSEL, AUF DEN ER SICH SCHWER FALLENLÄSST,
UND DIE SCHWARZE HAUTSCHMINKE, DER LIEBESSCHWEISS,
FLIESST WIE EIFERSUCHT UND VERSCHMIERT DIE SEIDE,
DESDEMONAS SEIDENHAUT STREICHELT ER MIT
HANDSCHUHEN, MIT DENEN MAN PFERDE STRIEGELT

WIE ES KERSTI GEHT –
RÜHRENDE ABSCHIEDSSZENEN AM BAHNHOF

Ich mit einem Mann in schicker Uniform. Einen Moment ist er es, der verreist, im nächsten Moment bin ich es. Und lasse den Zug nie abfahren. Ich winke aus dem Fenster – Tränen springen mir in die Augen.

Erstaunt stelle ich fest, daß es echte Tränen sind, und die beiden Damen neben mir schlucken und genießen die Situation regelrecht. Ich möchte ihnen meine Tränen geben. Er, der schicke Mann in Uniform, winkt mit dem ganzen Körper – kurz bevor er über den Zug hinwegfliegt.

Dann ist auf einmal er es, der in den Zug einsteigt, um zu verreisen.
Schneidig und schick, mit einem schönen traurigen Gesicht.

Dann bin auf einmal ich es, die sich von ihm helfen läßt. Die Koffer, die Hutschachtel mit Riemen, die Illustrierten, die Schokolade, die Blumen, hast du die Fahrkarte auch nicht vergessen? (Weltumseglung)

Dann plötzlich sein Gesicht zwischen den zwei gerührten alten Damen. Hast du die Fahrkarten, sage ich. Die Abfahrt verspätet sich. Wir stehen da, kleben aneinander in einem ewig dauernden Abschiedskuß. Es macht sich nicht gut, einfach ganz locker zu den zwei alten Damen reinzugehen, wenn man verreist. *Wir wissen nicht mehr, wer von uns beiden verreist.* Es macht sich nicht gut, zu gehen – einfach in die Stadt zu gehen, ein nettes Restaurant ausfindig zu machen, eine Flasche Chianti zu bestellen und den Liebesdruck für eine Stunde, ein Jahr loszuwerden ...

Wir stehen aneinandergepreßt auf dem Bahnsteig, das heißt, einer von uns steht auf der untersten Trittbrettstufe, wer?, in geschlechtlicher Vereinigung, trotz der Kleider, und es fließt an meinen Schenkeln runter, so geil bin ich – aber er verreist, und ich habe mich darauf vorbereitet, von ihm wegzufahren. *Läuft das nicht auf ein und dasselbe hinaus?*

Einer von uns beiden muß wegfahren. Einer von uns beiden muß darum betteln, glauben zu dürfen, daß der andere ihm treu bleibt, treu wie Lassie oder der brave Bello in der Hundehütte ... Diese geschäftige Liebespflege muß ein Ende haben. Sie führt zu nichts als zu einem Geplänkel, wer am besten ist, wer die schönste Haut am Rücken hat (Du, nein *Du*!).

Der Zug fährt nicht ab, er kommt an. Er ist gerade eingefahren, das Ganze ist also eine Wiedervereinigungsszene, jetzt begreife ich! Der Schöne da in Uniform empfängt mich, nein, ich empfange ihn, wie er kommt, feierlich in seiner enggeknöpften Uniform – er fragt höflich und ängstlich, ob ich wirklich zu ihm kommen wollte, ob es wirklich ehrlich und aufrichtig gemeint war, was ich im Brief schrieb, daß er es ist, den ich liebe? Ich versichere es und beteuere es und klammere mich an seine Wärme. Rieche an seinen Achselhöhlen und tue überhaupt alles, damit wir uns vereinigen. Er ist eben mit dem Zug angekommen, wir nehmen ein Taxi zu mir nach Hause oder zu ihm, während es über der Stadt hell wird. Ich koche Kaffee und tische allen Aufschnitt auf, und wir essen wie Hunde und lecken uns hinterher gegenseitig ab.

Wir fragen, ob der Ausflug schön war übers Gebirge, wir fragen, und wir antworten: Ich liebe dich, ich liebe dich so sehr, daß es schön war, eine Weile wegzukommen. Ich finde auch, es ist sinnlos, sich zu trennen.
Aber ist es nicht höchste Zeit, zum Bahnhof aufzubrechen?

Der Zug fährt in zwanzig Minuten, und es ist schwierig, in dieser Stadt ein Taxi zu bekommen. Wir müssen die Beine in die Hand nehmen. Hast du ein Glück, daß du eine Weltumseglung vor dir hast, ich würde zu gern mit dir tauschen, mit dir tauschen. Würde zu gern mit uns tauschen, aber eine kleine Pause ist auch nicht schlecht, denn das hier wird so stark, noch nie bin ich jemandem so nahe gekommen ...
Natürlich bringe ich dich zum Bahnhof, das fehlte gerade noch ...

Später sehe ich, daß ein toter Vogel auf einem Waggondach liegt. Es ist nur ein Zufall. Der Zug hat zwanzig Minuten Verspätung, weil er einen Elch überfahren hat. Was hatte der Elch auch auf den Gleisen zu suchen? Heute nacht hielt er an, der tote Elch wurde von Leuten weggeräumt, die an der Eisenbahnlinie wohnen und sich aus so etwas einen Nebenverdienst machen. Während der Kopf, das prächtige Geweih, am Zug hängenblieb, eine Zierde der Norwegischen Staatsbahn! Der Vogel auf dem Dach, der gehört einfach nur zu meiner Gedankenkette. Er hat sich nur per Zufall eingeschlichen, auf den Waggon, in die Gedankenkette kam ein verunglückter Vogel. Und zwar weil die Eier wegen eines Versehens mit dem Zug kamen (heute nacht, da, als der Zug einen Elch überfuhr). Sie ist zerschellt, die Arme – es ist gar nicht so einfach für eine Henne, einen Zug zu erwischen. Eine Henne, eine Gluckhenne. Die Henne legt großen Wert auf ihr Ei. Sie hat auf das Innere des Eis gehorcht und liebevolle Gefühle entwickelt.

Ich sitze im Zug zwischen zwei alten Damen, denen die Tränen kommen, während sie mich dasitzen sehen, gramgebeugt, weil ich von meinem Geliebten scheiden muß. Zwei Abteile weiter hinten sitzt ein junger Mann in Uniform. Er öffnet die Knöpfe seiner Jacke und atmet auf.

DIE TÜREN ÖFFNEN UND SCHLIESSEN SICH SELBSTTÄTIG AN JEDEM BAHNHOF, AUCH WENN NIEMAND AUS- ODER EINSTEIGT

BRIEF VON MATS

Hallo, mein schwarzhaariger Troll!

Danke für die Karte. Meine Pläne:
a) in den Nahen Osten fahren
b) in Norwegen bleiben
c) Stunden geben
d) nichts tun
e) mich erschießen
f) schlafen
g) leben

Es war großartig mit Dir. Bloß ein wenig zu viel gevögelt. Nächstesmal bestehe ich auf mehr Spaziergängen an der frischen Luft, schwarzem Tee und Märchen vor dem Schlafengehen. Vom vielen Vögeln werde ich glücklich und müde, und darunter leidet meine Musik. Also: Schluß damit, ich muß an meine Karriere denken ... (!) Wenn aus der Karriere nichts wird, dann klappt es vielleicht mit der UN-Friedenstruppe. Ich habe die nötigen Papiere hingeschickt und werde bald erfahren, ob ich nächstes Jahr nach Namibia komme.
Über Weihnachten bleibe ich noch zu Hause, dann haue ich endgültig ab, das heißt, ich komme nie mehr zurück. Man muß den Dingen ihren Lauf lassen. Ich bin unheimlich scharf darauf, Geld zu verdienen und dann ein bißchen in der Welt rumzukommen.
Frage mich, was aus uns werden würde, wenn wir länger zusammenblieben?

Wenn wir kein einziges Problem mehr hätten, das wir vertraulich besprechen könnten.
Glücklicherweise kann man sich ja neue Probleme schaffen.

Kannst Du Schach spielen?
Ich würde gern Schach mit Dir spielen.

        Gruß und Kuß, Dein Mats

Blumen & Abwesenheit

(Der Wanderer)

DAS MEER UNTER DEN BRETTERN

Läßt sich die Angst benennen? Wird mein gutes warmes Gesicht den Schrei aushalten? Warum muß ich eine Sicherheit verlangen, die es nicht gibt? Gibt der Boden unter mir nach? Teile von mir laufen in alle Himmelsrichtungen und klammern sich an die Wand.

Ich bin in einem Lagerschuppen auf einem Bootssteg. Das Meer direkt unter den Brettern. Trotzdem werden die Menschen, die Freunde dazu gezwungen, ihre wilden Feste genau *hier* abzuhalten. Wir bringen Ziehharmonikas und Getränke mit, zur Sicherheit, wir ziehen Kleider an, zur Selbstsicherheit. Hier werden wir gezwungen, zu tanzen. Hier sind wir bereit, Tränen zu lachen. Hier schwenken wir uns.
Hier kriegt die Katze Junge.

Hier werden die Aufnahmen verkauft. Hier werden die wahren Fotos und die falschen Fotos abwechselnd verkauft. Zum Verwechseln ähnlich.

Hier tanzen die, die sich lieben, die Liebe machen, tanzen mit Lichtern wie wilde starke Tiere. Hier tanzen wilde starke Tier miteinander. Hier tanzt der Löwe mit dem schönsten Schimpansen.

Hier tanzen Leichen mit Kadavern, und der Teufel spielt auf in der einen Ecke, und Gott spielt seine göttliche Disziplin in der anderen Ecke.

Hier werden Kinder gemacht, auf Haufen von wirrem verhedderten Garn, hier werden die schönen blühenden Kleinen gemacht und die anderen, die ihr Leben lang allein auf den Straßen gehen und suchen.

Tagsüber arbeiten wir auf den Booten. Wir fahren freier über das Meer im Boot, wir setzen unsere Körper ein wie verabredet. Aber auf diesem obligatorischen Tanzfest, das immer wieder aufs neue veranstaltet wird, ist das Meer bedrohlich. Weil Häuser darauf gebaut worden sind. Weil auf den Bretterboden kein Verlaß ist.

Von dieser Musik werde ich stückweise aus mir selbst herausgerissen. Ich brauche ein neues Kleid. Ich brauche ein hübsches Kleid, das fest ist. Ich habe den Glauben daran aufgegeben, daß der Fußboden aufhören kann mit dem Vibrieren, solange der Teufel und Gott aufspielen.

Dort sitzt ein Mann. Er tanzt ein paarmal mit mir. Er tanzt nicht mit mir. Er dankt für den Tanz, er dankt für alles. Er setzt sich auf eine Kiste, um einen Brief zu schreiben. Genau jetzt schreibt er einen Brief an mich.

DER KÖRPER TRAUM IM DEZEMBER

Das große Todesflugzeug auf den Klippen hat Treibstoff getankt. Es leuchtet in der Traumnacht. Soll ich an Bord klettern?

Oder soll ich die Klippen hinunterklettern, hinunter zum Meer? Vielleicht kommt ein Liebesvogel und nimmt mich in seinem Schnabel mit?

EINE LIEBESGESCHICHTE MIT ANGESTRENGT HERBEIGEFÜHRTEN ORGASMEN, DU AHNST NICHT, WIE SCHWIERIG DAS IST FÜR ZWEI VERFRORENE KÖRPER IM DEZEMBER

DU BIST KEIN FREUND, DU BIST EIN MANN

Dein Sack, der wie eine Knolle aussieht, ist mir immer noch der liebste.

Du kannst wiederkommen wie ein Engel, der in stürmisches Wetter geraten ist (BLITZ!) und seine Federn verloren hat,

du kannst mit einem kracks! in meinem Hühnerhof landen und in einer fremden exotischen Sprache von einem anderen Pol mit mir reden.

Du kannst wiederkommen, und ich kann Eintritt verlangen von allen, die einen richtigen Engel sehen wollen.

Und alle, die glauben, du könntest sie heilen (Deine Spucke oder die gelbe Galle oder der Schleim, die Läuse im Federkleid), sollen ruhig daran glauben.

Ich bin jetzt ja nicht mehr so arm dran, schließlich hast du etwas von einem Wundpflaster!

Eines Tages sind die Federn wohl hinlänglich ausgewachsen, und du kannst wieder fliegen, aber erst fliegst du zu mir ins Bett rauf, damit ich mit einem leibhaftigen Engel schlafen kann, hochgerecktes Kinn wie in der Rasierapparatreklame, Flügelschlagen, als wären wir auf einem Schiff, als wärst du eigentlich ein fliegendes Pferd oder ein Segelschiff auf dem Meer.

Eines Tages sind die Federn vollständig ausgewachsen und du fliegst, es *kann* sein, daß du wiederkommst, sagst du, wenn die Welt irgendwann zu Ostern besser geworden ist!

In der Ferne kommt der Landstreicher. Der Wanderer ist stundenlang einen langen Abhang in einer Landschaft hinaufgestiegen.
Große Landschaftsarchitekten machten keinen Unterschied zwischen Skulptur und Architektur. Für sie ist Musik nicht gleich Meditation. Auch Landschaftsarchitektur nicht.
Der Wanderer geht über ein Schlachtfeld, auf dem vielleicht nie eine Schlacht in Szene gesetzt worden ist, er geht in sich selber und findet das großartig.

Zum Glück wachsen hier die Grabenrandblumen, die wilden, nicht auszurottenden. Sonst ist die ganze Gegend kultiviert. Das Unkraut wird aus Tälern und Höhen vertrieben und kann nirgendwo sonst seine Samen verlieren als hier, wo er sich bückt und es pflückt. Die Schönheit des Vorgangs läßt sich nicht mit einer Messerspitze Salz oder einer Handvoll Zucker messen.

Wenn nach einer halben Stunde der Abhang erklommen ist, ebnet sich alles ein. Unter der Straße führt ein Geheimgang hindurch, zwischen dem Mönchskloster links und dem Nonnenkloster rechts. Alles ebnet sich ein und führt auf ein Haus am Straßenrand zu. Ein stilles Haus am Vormittag. Die hier wohnen, sind draußen, bei der Arbeit oder in der Schule. In diesem Haus hat er gewohnt, bevor er mit dem Wandern auf den Straßen anfing, das ganze Jahr, über lange Abhänge der Sonne entgegen.

Er sieht Licht im Haus.
Er nähert sich.
Er schwitzt und fröstelt.
Vormittags sehen alle Häuser leer aus.
Er trägt die Blumen zum Schutz vor sich her.
Ein Schild aus Blumen.

Er nähert sich dem Haus, horcht.
Nicht ein Hund, nicht ein Huhn.

Die Tür ist offen, wie immer. Er geht hinein. Er geht weiter hinein. Hinein ins Herz, hinein in die Gebärmutter. Er füllt einen großen Milchkrug mit Wasser und stellt die Blumen hinein. Trägt den Krug ins Wohnzimmer und räumt die Bücher und Zeichensachen auf dem großen Eßtisch zur Seite.
Er sieht sich um, betrachtet seine eigene Fotografie im Rahmen an der Wand.
Geht durch die Hintertür hinaus. Fährt mit den Fingern an einem Springseil entlang. Heraus aus diesem Haus, in dem alle Türen offenstehen.
Er streicht jedes Jahr an ihrem Haus vorbei. Er geht hinein und stellt einen großen (gelben? – die ersten Frühjahrsblumen sind gelb) Blumenstrauß in einen Milchkrug. Geht weiter durch das Haus und dann den langen Abhang hinunter.

WIR PASSEN BESSER AUF, WEN WIR VERZÜCKT ANLÄCHELN

VORSICHTIG WERDEN WIR DIE STRASSE HINAUFGEHEN
WEGEN DER PFERDE
SO ALS GLAUBTEN WIR, DASS DIE PFERDE KOMMEN
MONIKA, DIE KLEINE SOPPEN UND ICH
DASS SIE KOMMEN UND UNS VON HINTEN ANSTUPSEN
UND UM ZUCKERSTÜCKE BITTEN

Kopfsteinpflaster, schräg gelegte Pflastersteine, als ob die Pferde noch kommen könnten.
Eine weiche Musik in den Röcken. Monika und ich, und Soppen an der Hand. Heute hat Soppen feine Sachen aus einer Zeitschrift ausgeschnitten: einen Kühlschrank, eine Mähmaschine, einen Herrn im Frack, im weißen Frack! Und Mama ist gekommen mit einem bösen Staubsauger und hat alle Schnipsel aufgesaugt ...

Soppen hat die Tüte aus dem Staubsauger herausgenommen und sie tüchtig durchgeschüttelt, um jeden Schnipsel wiederzufinden.

Da hat Mama einen Artikel gefunden, über ein Buch, das jetzt bald erscheint. Ein neuer Bekenntnisroman von einer weiblichen Debütantin. »Nina Oeding schreibt über das Verhältnis, das ihr Mann mit einer anderen Frau hatte. Jeden Abend, wenn er von der anderen zu ihr nach Hause kam, erzählte er ihr alles, und sie verstand ...« Erst war Mama ganz gerührt: Also hat er mich wirklich geliebt! »Aber verliebt ist er nicht mehr.« Dann wird sie böse, fühlt sich ausgenutzt, ruft Tante Monika an, die sagt: »In Zukunft mußt du besser aufpassen, wen du verzückt anlächelst, Kersti!«

»Übrigens, woher weißt du, daß Nina über *dich* schreibt? Es könnten doch noch andere sein.«

MEIN VOGEL KAM GEFLOGEN UND RUHTE SICH SCHWEBEND
AUS ÜBER DER STADT UND VERSCHWAND

Tante Monika hat Soppen und Mama zu einem Sonntagsausflug eingeladen.

Der Fotograf kommt hinter einer Ecke hervor und stellt seine dreibeinige Kanone auf. Er macht seinen Rucksack auf und holt unter blauem Himmel Kleider aus der Zeit um achtzehnhundertachtzig hervor. Kleider, in denen Amalie Skram hätte gehen können. Aber am Rücken sind sie aufgeschnitten, so daß wir sie wie Ärmelschürzen anziehen können. Er bindet uns alle drei hinten zu, als ob wir Federbetten in Bettbezügen wären. Und setzt uns große Hüte mit Federn und Obstkörben auf den Kopf.

»Jetzt werde ich Sie als Ihre eigenen Großmütter verewigen«, sagt er begeistert.

Sechzig Sekunden lang lächeln wir verzückt, und dann nehmen wir uns geduldig Zeit, ihm zu erzählen, daß unsere Großmütter in ganz anderen Röcken gingen und Heringe in Tonnen legten, Dielen scheuerten und im Kindbett starben.

WIRKLICH? fragt Soppen.

AUF EINEM GROSSEN REKLAMEPLAKAT, DAS SICH
UNTERWEGS AN ALLEN HAUSMAUERN WIEDERHOLT
SUCHST DU IMMER NOCH NACH DEM JOB
AM ENDE DES REGENBOGENS

Ich denke: Suchst du immer noch nach ... am Ende des Regenbogens?

SCHLUSS MIT DEN ALPTRÄUMEN, ES IST SOMMER

Soppen, Monika und ich besuchen Freunde, die einen Garten und Johannisbeerwein haben. Es ist ein Abend, um sich zu öffnen, um ein Sommerfeuer anzuzünden. Wir sind viele im Garten, in leichten hellen Kleidern.

Alle haben halblange Lebensgeschichten zu erzählen, alle träumen unidyllische Träume nachts, tagsüber stellen sie ihre Möbel um und verändern Wände und Farben – damit es geräumiger wird?

Wir begrüßen neue Leute, manche haben massenhaft Sommersprossen. Meinen Sommersprossen geht es auf einmal gut, und Monika hat eine hektische Röte auf der Brust, sie hat ein großes Sonnenbrand-Herz.

Sie kümmert sich um das Feuer zum Würstchengrillen. Der Abend kommt. Monika wärmt ihren Hintern an den Flammen, am Feuer. In einem Rausch aus Wein und Lebensfreude weint sie und sagt: »Jetzt bin ich mit diesem Alptraum fertig!« Oh, weißt du noch die Geschichte mit meinem Vater, Kersti? Grabenrandblumen und Durchzug. Wie oft ich diese Geschichte Leuten erzählt und Mitleid dafür geerntet habe!

Es stimmt! Als Mädchen habe ich, viele Jahre hindurch, einmal im Jahr, wenn ich von der Schule nach Hause kam, seinen leuchtenden Blumenstrauß auf dem Tisch gefunden.

Er schraubte mir den Kopf herum und machte ihn auf, als ob lauter Pralinen darin wären, und brachte mich dazu, meine Mutter vorwurfsvoll anzusehen, die uns treu war, die zwar die Blumen vergaß, aber uns Kindern ihre ganze Zeit schenkte.

Kersti, stell dir das wundervolle Lächeln vor von einem, der nie lächelt!
Alles ist vergeben und vergessen, für ein einziges Lächeln von dir!

Als Erwachsene habe ich ihn nur einmal zu Gesicht bekommen. Nein, doch nicht. Ich dachte nur. Das war bei einem Pferdemarkt auf dem Land. Ich hatte gehört, daß er sich in der Gegend aufhielt. Nein, gesehen habe ich ihn nicht.

Mutter sagte: Nein, der Landstreicher da kann es nicht sein, unmöglich. Er *kann* es nämlich gar nicht gewesen sein, weil *er* schon ein paar Jahre tot war!

Sie wischt sich die Tränen ab, dreht sich zu mir um, meine Monika, meine allerbeste Freundin.

Rasch und nachdrücklich, wie in einem hellsichtigen Moment, sagt sie:

JETZT BIN ICH MIT DIESEM ALPTRAUM FERTIG
DASS WIR DENEN SO VIEL VON UNSERER LIEBE GEBEN
DIE UNS SENTIMENTAL MIT BLUMEN
UND MIT IHRER ABWESENHEIT QUÄLEN

**LITTLE GIRL BLUE ALL YOU CAN COUNT ON
COUNT THE RAINDROP**

Er kam auf dem Fahrrad zum Café. Lächeln. Lächeln. Das Fahrrad stand die ganze Zeit draußen. Lächeln. Lächeln. Er kam herein. Dünner Junge. So dünner Junge. So heller Junge. So hell blau. So hell gelb. So leuchtend.

Mit sich selbst, dem warmen Instrument, setzte er sich hin und pflückte die Seiten einer nassen Zeitung. Die Zeitung war naß vom Fahrradfahren.

Wir wie zwei warme akustische Instrumente im Café. Mit einer gemeinsamen Sprache: Norwegisch. Warum können wir uns nicht mit den Pflanzen, den Bäumen lieben? fragte er, und es klang nicht albern. Weil wir keine Sprache haben, in der wir uns mit ihnen treffen.

Beide mit dem Wunsch, aus uns selber heraus zum anderen hin zu gelangen. Die vielen Sprachen. Ist es einfacher, eine Sprache ohne Wörter zu haben? Ohne Farbe? Eine mit einer feinen Faß-mich-an-Struktur? Eine mit einem warmen Komm-in-mich-rein-Rufen. Oder eine Sprache, die abhebt wie ein Rennrad auf einer regennassen Stadtstraße:
Dünner Junge auf einem Fahrrad. Schmales Rad und nasse Zeitung. Sanfte Regenstreifen wehen waagerecht über Häuser mit nassen Nationalflaggen. Denn es war schließlich ein öffentlicher Feiertag.

ICH VERSUCHE ETWAS NEUES EINZUFÜHREN
SOZUSAGEN WIRKLICHKEIT PUR

Inhalt

TEIL I
DIE NOTGEDRUNGENEN EXPERIMENTE

Die Freiheit zu gehen	13
Mama, du bist die liebste	15

TANZFJORD   (Der Seemann)

Ich hatte immer die üblichen Geschichten erzählt	17
Sah auf meine sommersprossigen Arme	18
Pestgeruch, Verwesung – pfui!	19
Damit ich als eine noch freiere Person auftreten kann	20
Jetzt weiß ich, wie du aussiehst	26
Wie konnte nur eine so gespaltene unglückliche Schwester aus ihr werden?	27

UND DIE INSELN KAMEN DEN AUGEN NAHE   (Mats)

Und aus der Landschaft, auf die ich stundenlang hinausgestarrt hatte	28
Mats, lexikalisch	31
Ich verlasse ein lautes Fest mit Mats	32
Er schreibt	33
Zart will ich dich in Rhythmen nageln	34
Verhüllend/enthüllend	35
Sollen die Träume entgleiten oder aufgezeichnet werden?	36

Tod ist ein Behelfswort	37
Salz	38
Wie man Fotos *aufnimmt* am Meer	39
Aber wir tanzten weiter in dem großen Land mit Staunen im Gesicht	42
Warum hast du Eli nie ein Gesicht gegeben, Mats?	43
Die brennenden Träume werden abgekühlt in Morgenluft	45
Eifersuchtstraum	46
Ein heiliger kleiner Kieselstein	47
Das Meer, die Wacholderbeeren	48
Fresko	50
Kirchenkonzert	51
Schiffe	52
Kersti	53

Über Mats
Sein Körper
Etwas zu erzählen

Bin ich ganz die alte?	55
Danach kam das schwarze Meer	56
Sie ist auf die Augen geschlagen worden	57
Und aus dem Mann, den ich	58
Roggen	59

TEIL II

DAS HAUS AN DER WINTERKÜSTE   (Monika)

Das Haus an der Winterküste ist Kersti Giljes poetischer Name für mein Haus, ich bin Monika Kestel   63

Kleiner Junge, weit gereist	65
In der Landschaft aufgestellte runde Steine	67
Aber keine Engel ohne Teufel und Dämonen	68
Was für Hoffnungen bringt sie mir	69
Wie eine Außenstehende, so verwundert	70
Ich habe geträumt, ich streichelte Kerstis Hüfte	75
Im Haus an der Winterküste	76
Eindrücke von 1943	77
Ein Traum von heute nacht	79
Es ist Winter	80
Weit weg sind noch andere Bilder	81
Ich schlafe nicht mit Männern, die ich kenne	82
Neujahrsnacht	83

TEIL III
DER RÄCHER KRIEGT NIE SEINE RACHE   (Kersti)

Die Zeitmaschine	87
Vergangenheitsreise	89
Alle möglichen Metamorphosen	93
Glas	94
Es wird dunkel	96
Schmetterling	97
Zurück far away	98

UNTER DER DUSCHE IN SCHWARZ   (Michael)

Warum läßt sich der Durst nicht löschen?	99
Wir waren verreist	101
Wie schwierig die Liebe ist	102

Vor dem Hotelfenster ungegessene Äpfel	103
Schwarzer Mann auf blauem Laken	110
Das Blut kann von Othellos Hals spritzen	111
Wie es Kersti geht – rührende Abschiedsszenen am Bahnhof	112
Brief von Mats	116

BLUMEN & ABWESENHEIT   (Der Wanderer)

Das Meer unter den Brettern	118
Der Körper Traum im Dezember	120
Du bist kein Freund, du bist ein Mann	121
Blumen & Abwesenheit	123
Wir passen besser auf, wen wir verzückt anlächeln	125
Schluß mit den Alpträumen, es ist Sommer	128
Little girl blue	130